Laura Mancinelli

DAS WUNDER DER HEILIGEN ODILIA

Roman

Aus dem Italienischen von
Angelika Beck

Pendo
Zürich München

DAS KLOSTER OHNE GLOCKENTURM

Es gab eine Zeit, da schmückte sich fast jeder Hügel des Monferrato mit einem Glockenturm oder Söller als Symbol der geistlichen oder weltlichen Macht, die dort herrschte und sehr oft beides in einem war. Wo eine solche hochaufragende Zierde fehlte, wirkten die darunterliegenden Weinberge, Gehölze und Felder schutzlos, ohne jenes Zeichen, das sich auf eine von allen anerkannte und geachtete Herrschaft gründete.

Deshalb mutete das kleine Nonnenkloster, das sich an den Abhang eines Hügelchens im monferratinischen Grenzgebiet klammerte und ohne den Schutz eines schönen viereckigen Glockenturms auskommen mußte, noch kleiner, bescheidener und zerbrechlicher an. Wer nichts von seiner Existenz wußte, hätte nie den Weg zu ihm gefunden, so versteckt lag es, unter Obstbäumen und Eichenhainen fast begraben, inmitten von gleich hohen Hügeln. Weder eine Kirche noch einen Namen konnte der Konvent sein eigen nennen, denn Kirchen werden auf den Reliquien eines Heiligen oder einer Heiligen errichtet, dem oder der ein Kloster dann auch seinen Namen verdankt.

Aber in diesem Nonnenkloster hatte es keine Heilige gegeben.

Allerdings bestand es noch nicht sehr lange: Gegründet hatten es die Grafen von Agliano, die unter den Adligen des Monferrato zu den mächtigen Herrschaften zählten und ihr Ansehen durch ein frommes Werk noch weiter zu mehren strebten. Zur Gründung des Klosters hatten sie die Mitgift der Gräfin Odilia bestimmt, einer jungen Frau des Adelshauses, die sie auf diese Weise vor den Gefahren und der Verschwendung des weltlichen Lebens schützten und gleichzeitig davor bewahrten, die Erbschaft riesiger Ländereien antreten zu müssen. Dabei waren sie einer frommen Neigung der jungen Odilia nachgekommen und hatten ihrem mäßigen Erfolg bei Hofe Rechnung getragen, verbunden mit der heimlichen Hoffnung, einmal eine Heilige in der Familie zu haben, die sie dafür entschädigen sollte, daß das Haus bisher weder einen König noch einen Fürsten, ja noch nicht einmal einen Bischof hervorgebracht hatte.

Heilige waren in dieser Gegend selten. Das mochte am Klima liegen oder an der Wesensart der Leute oder auch an der natürlichen Beschaffenheit der Landschaft, in der es keine zerklüfteten Höhen gab, die mystische Neigungen zu befördern pflegen. Das sanft gewellte Hügelland, dessen nahrhafter Boden, begünstigt von der milden Witterung, seine würzigen Säfte reichlich in die Feldfrüchte ergoß, war eher ein Reich Pans als ein Refugium Paraklets.

Um so inbrünstiger erhofften sich daher die Grafen von Agliano eine Heilige in der Familie, etwas, das keines der benachbarten Adelshäuser aufweisen konnte, selbst die hochmütigen Herren von Cortazzone nicht, die seit jeher mit ihnen in Streit lagen und unerbittliche Rivalen waren. »Wenn sich auf dem Hügel dort der Turm der Kirche zur heiligen Odilia erheben wird«, dachten sie mit vorausblickender Zuversicht, »erbaut über den Reliquien unserer Heiligen, dann kann es niemand mehr mit uns aufnehmen.« Und dabei richteten sie ihre Augen auf die trutzige Burg derer von Cortazzone.

Doch aus unerfindlichen Gründen wurde Gräfin Odilia, die seit Bestehen des Klosters das Amt der Äbtissin innehatte, nicht heilig. Denn weder zu ihren Lebzeiten noch nach ihrem Tode vollzog sich in ihrer Umgebung eines jener erstaunlichen Ereignisse, die der kirchlichen Autorität als untrügliche Zeichen von Heiligkeit gelten.

DIE BEIDEN ODILIEN

Zwar hatte die Äbtissin Odilia auf Wunsch der Familie den Schleier genommen, aber im Grunde war sie darüber nicht unzufrieden. Sie wußte sehr wohl, daß sie innerhalb der Klostermauern ein geruhsameres, weniger anstrengendes und gefährliches Leben erwartete als draußen in der Welt. Hätte sie einen Herrn aus der Umgebung geheiratet, das war ihr durchaus bewusst, so wäre sie Gefahr gelaufen, unter irgendeinem Vorwand verstoßen zu werden und jährlich eine Schwangerschaft ertragen zu müssen, während sich ihr Herr und Ehemann mit einer anderen Frau vergnügte.

Im übrigen bestand kein großer Unterschied darin, ob sie einem Haushalt vorstand oder ein Kloster leitete, ja, im Kloster würde sie die uneingeschränkte Gebieterin sein und sich gegenüber niemandem rechtfertigen müssen, außer einmal im Jahr gegenüber dem Bischof.

Daher hatte Gräfin Odilia nicht ungern eingewilligt, daß ihre Mitgift dazu diente, ein Kloster statt eine Familie zu gründen. Überdies konnte sie so auch hoffen, in den Geruch der Heiligkeit zu gelangen, und sich zudem in der Gewißheit wiegen, ins Paradies einzugehen, und das, alles in allem, recht bequem.

Als Äbtissin war sie vorbildlich. Gewissenhaft und rührig wie eine tüchtige Hausfrau verwaltete sie ihr kleines Kloster, zu dem ein Gärtchen, ein Kuh- und ein Schafstall sowie ein Eichenhain gehörten, mit Sparsamkeit und Umsicht. Pünktlich erfüllte sie alle ihre Pflichten, einschließlich der kultischen Handlungen, von denen sie, wie man getrost sagen darf, nie eine vergaß. Sie mied die Gesellschaft von Männern, und auch diese hielten sich von ihr fern, weil sie keine Veranlassung hatten, sich ihr zu nähern, und sie führte, wie man zu sagen pflegt, ein gottesfürchtiges Leben. In ihren letzten Lebensjahren neigte sie zur Melancholie, und diese war vielleicht einer der Gründe für ihren frühen Tod.

Als sie, noch ziemlich jung an Jahren, tatsächlich starb, hatte sie sich keinerlei Sünden vorzuwerfen, so daß sie dem Beichtvater, den man an ihr Krankenbett rief, nichts zu beichten wußte.

Warum sie nicht heilig wurde, ist schwer zu sagen. Das Paradies hat sie mit Sicherheit erlangt. Aber Wunder gab es keine. Obwohl über sie weder Gerüchte noch üble Nachreden kursierten, wie sie einer Äbtissin nur selten erspart bleiben: vor allem ihre Keuschheit wurde nirgendwo in Zweifel gezogen. Ihres keuschen Lebenswandels wegen erhob sie sogar Bischof Zeno von der Diözese von Asti zum Vorbild.

Doch nicht einmal an eine Seligsprechung war zu denken, da sich in ihrer Umgebung nie wundersame

Dinge ereignet hatten. Weder zu ihren Lebzeiten noch nach ihrem Tode.

Besorgt darüber, daß jegliche Wunder in ihrer Umgebung ausgeblieben waren, hatte sich Äbtissin Odilia gegen Ende ihres Lebens zusätzliche Fastenzeiten und Bußübungen auferlegt und dadurch selbst den unschuldigsten Appetit auf das im Garten gezogene Gemüse abgetötet und sich auch den bescheidenen Köstlichkeiten verweigert, die der Kuhstall bereitstellte, wie fermentierter Käse mit jungen Zwiebeln oder geronnene, leicht gewürzte Milch, die sich die Nonnen oft zum Abendessen bereiteten. Ihre Selbstkasteiung ging so weit, daß sie sich auch noch die einfachsten Freuden versagte. Nicht einmal den Duft der Rosen oder des Geißblatts wollte sie mehr einatmen oder an den leuchtenden Farben eines schönen Apfels sich erfreuen. Und als Gipfel des Verzichts verschmähte sie sogar den Kelch mit heißem Wein, den sie stets vor dem Schlafengehen getrunken hatte. Voll Traurigkeit ging sie zu Bett und ließ nicht einmal im Traum jene lustvollen Erlebnisse zu, die sie sich tagsüber versagt hatte.

Und trotzdem, keine Wunder. Weder vor noch nach ihrem Tode. Nicht einmal ein ganz, ganz kleines Wunder wie zum Beispiel mit den Staren zu sprechen, die bei Sonnenuntergang auf den Apfelbäumen des Gartens lärmten, oder mit den Turteltauben, die die Nonnen für ihre leichte Brühe züchteten und deren etwas zähes Fleisch keine lästigen Gedanken erregte. In Wahrheit muß man sagen, daß Äbtissin Odilia es nicht einmal versucht hatte. Mit den Vögeln zu reden, versteht sich.

Was ihren frühen Tod betrifft, so blieb dessen Ursache ein Rätsel. Aber das war in jenen Zeiten nichts Besonderes. Es hieß, sie sei an Traurigkeit gestorben, teils auch an den Entbehrungen, die sie auf sich genommen hatte und die sie um jenes bißchen Fröhlichkeit brachten, das ihr ansonsten noch geblieben wäre. Traurig und ohne Heiligkeit.

In der Leitung des Klosters war ihr eine Nichte nachgefolgt, die Tochter eines Bruders, die unter den jungen Mädchen der Familie ausgewählt worden war, weil sie, bedauerlicherweise, Odilia hieß wie die verstorbene Äbtissin. Und das Mädchen, das sich dennoch des Namens erfreute, der es mit der bedeutenden Klosterfrau verband, wurde eines Tages, fast ohne daß sie es merkte, zur Nonne geweiht.

Alle Hoffnungen der Familie richteten sich nun auf sie: daß jene Heiligkeit, die der ersten Odilia versagt geblieben war, nun der zweiten zuteil werden würde. Zumal sie viel schöner war als die erste, und das sprach bereits für sie: denn Heilige sind gewöhnlich auch schön. Und liebenswert. Auch das sprach für sie. Denn worauf würde jemand verzichten, der weder selbst zu lieben noch Liebe zu erwecken versteht? Somit waren alle Voraussetzungen dafür gegeben, daß sie heilig würde. So dachten zumindest ihre Verwandten, die sie ins Kloster schickten. Und voll Hochmut blickten sie auf die stolze Burg der benachbarten Herren von Cortazzone, die noch nie eine Heilige in der Familie gehabt hatten.

Es gab jedoch auch welche, die meinten, die junge Odilia sei zu schön und zu liebenswert. Und an dem Schleier trüge sie schwerer als an einem Harnisch.

Das waren natürlich alles nur Redereien. Die junge Odilia fügte sich gehorsam, wenn auch ein wenig verwirrt über das Ritual der Einkleidung und ihres Noviziats. Sie fügte sich gehorsam auch deshalb, weil sie erst sechzehn und in der Welt völlig unerfahren war. Sie hätte überhaupt nicht gewußt, was dagegen zu tun gewesen wäre. Andererseits änderte sich an ihrem Leben nicht viel, zumindest am Anfang. Ihre Schulfreundinnen und Spielgefährtinnen, die, wie sie selbst, im Kloster erzogen worden waren, spielten weiter mit ihr Blindekuh und sangen mit ihr die Psalmen, studierten mit ihr Martian Capellas Latein wie vorher. Im Grunde schien sich nicht viel geändert zu haben.

DER AUFBRUCH DER KREUZRITTER

Krieger und Gefährten waren vom Markgrafen von Monferrato zusammengerufen worden, um mit ihm am Kreuzzug ins Heilige Land teilzunehmen: Alle jungen Ritter der benachbarten Burgen hatten sich eingefunden, festlich gekleidet, mit bronze- und silberverbrämtem Zaumzeug, mit in den Geschlechterfarben gewebten Schabracken und Waffenröcken, auf die ihre Wappen gestickt waren, und die seidenen Banner wehten in der Maiensonne. Sie versammelten sich inmitten der Hügel des Monferrato, um nach Genua zu ziehen, von wo aus die Schiffe ins Heilige Land segeln würden. Alle Herrschaften aus der Umgebung waren zum Ort der Zusammenkunft gekommen, um den Scheidenden Lebewohl zu sagen, den Söhnen, Brüdern und Ehemännern ihren Segen mit auf den Weg zu geben. Jede Adelsfamilie hatte eine Tribüne errichten lassen, wo die Damen saßen. Angetan mit ihren schönsten Kleidern und Geschmeiden trugen sie Körbe voll Blumen am Arm, um sie den Rittern ihrer Gunst zuzuwerfen.

Es war ein Fest der Herrschaften und für die Herrschaften, alles war schön, sauber und elegant. Die Bauern, all jene mit den schmutzigen Händen und den zusammengeflickten Hosen, waren nicht da, kamen nicht vor. Der Himmel mit seinem makellos tiefen Blau vervollständigte das Bild dieser heilen Welt.

Nur demjenigen, der auf die Blätter der die Bänke umstehenden Eichen geachtet hätte, wäre aufgefallen, daß sie sich heftiger bewegten, als bei dem leichten Lüftchen zu erwarten gewesen wäre. Aber wegen der Musik und der Aufregung fiel es den Herrschaften nicht auf. Hätten sie jedoch ihre Aufmerksamkeit dorthin gerichtet, so hätten sie zwischen dem Laub viele Augen leuchten sehen, die Gesichter von Kindern, die seit dem frühen Morgen in den Zweigen saßen, um von dort oben dem Fest der Herrschaften zuzuschauen. Aber niemand nahm sie wahr.

Bis auf das Mädchen Odilia, dessen lächelnder Neugier nichts entging.

Auch ihr war ein Körbchen gegeben worden, und sie hatte es eigenhändig mit Blumen aus dem Klostergarten gefüllt, mit Veilchen und Immergrün, alles blaue Blumen. Sogar einen Kranz hatte sie daraus geflochten, und als die Ritter an der Tribüne vorbeizogen, hatte sie ihn sich aufs Haupt gesetzt, auf den weißen Novizinnenschleier. Da wurde ihr bewußt, daß sie als einziges der jungen Mädchen schwarz gekleidet war.

»Mutter, warum hab' nicht auch ich ein Brokatkleid angezogen?« Ihre Mutter blickte sie verdutzt an und wollte etwas darauf erwidern, wurde aber durch laute »Es lebe hoch«-Rufe daran gehindert. Das Defilee der Ritter hatte begonnen.

Langsam, die feurigen Schlachtrösser zügelnd, machten die Jünglinge in feierlicher Reihe die Runde entlang der Tribünen und verneigten sich vor einer jeden. Hin und wieder warfen die Damen einem Ritter etwas zu oder hängten es an seine Lanzenspitze. Und die Ritter verweilten dort, wo sie ein Unterpfand, ein Zeichen der Liebe erwarteten, etwas länger.

Ein schmucker Ritter hatte sein Pferd unter der Tribüne derer von Cortazzone angehalten, und eine junge Dame riß einen Ärmel von ihrem Brokatkleid, küßte ihn und warf ihn weinend dem Ritter zu.

»Mutter«, sagte Odilia ganz aufgeregt, »darf ich das auch tun?«

»Was?«

»Mir einen Ärmel abreißen, um ihn einem Ritter zu schenken.«

»Aber Odilia!« flüsterte die Mutter leise, damit es die neben ihr Sitzenden nicht hörten. »Du bist eine Nonne!« Da begriff Odilia, warum sie schwarz gekleidet war und warum sie sich keinen Ärmel von ihrem Gewand reißen und ihn einem Ritter schenken durfte. Und auf einmal füllten sich ihre kastanienbraunen Augen mit stummen Tränen.

Vielleicht war es der Glanz dieser Tränen, der die Aufmerksamkeit eines ganz in Blau gekleideten blonden Ritters auf sich zog. Er hielt unter der Tribüne an und wartete.

Als Odilia durch ihre Tränen hindurch etwas erkennen konnte, erblickte sie zwei blaue Augen, die sie von unten herauf ansahen, lachende Augen, die etwas zu fragen schienen. Mit dem Ärmel ihres schwarzen Kleids wischte sie sich die Tränen fort und spiegelte sich in jenem Blau der Augen, des Gewands, der Schabracke.

Der Ritter wartete.

Da nahm sich Odilia behutsam den Kranz aus Veilchen und Immergrün vom Kopf und warf ihn über die Lanze, die er ihr hinhielt.

Ich weiß nicht, wie viele diese Geste bemerkten, vielleicht alle. Die Mutter gewiß. Sie seufzte und sagte kein Wort. »Wahrscheinlich wird er in der Schlacht fallen«, dachte sie, »und wenn er nicht stirbt, wird er diese kleine Nonne in der Ferne vergessen.«

Odilia jedoch vergaß ihn nicht.

DIE NEUE ÄBTISSIN

Ehe sie die feierlichen Gelübde sprach, die sie für immer zur Nonne machen würden, verbrachte Odilia einen Sommer auf der Burg ihrer Eltern und schlief wieder in ihrem Mädchenzimmer.

Nichts hatte sich dort verändert, und als sie am Morgen erwachte, hegte sie einen Augenblick lang die Illusion, daß sich auch für sie nichts verändert habe. Doch sobald sich das Bewußtsein wieder einstellte, spürte sie, wie sich ein eiserner Reif um ihr Herz spannte. Vielleicht, um sie mit dem Nonnenleben vertraut zu machen, hatte man ein Porträt der Tante, der würdevollen, schwarz gekleideten Äbtissin, in ihr Zimmer gehängt. Odilia betrachtete das Bild und fragte sich dabei, ob sie außer Nonne auch sonst so werden müsse wie sie.

Das hätte sie nie gewollt, hätte auch nicht dieses freud- und emotionslose Leben führen wollen, das sich von dem der anderen Menschen so sehr unterschied. Selbst Leiden und Qualen erschienen ihr erstrebenswerter als jenes Nichts, als jenes Schweigen des Herzens, das sie in den Augen der Äbtissin las.

Vor dem Porträt stehend, in dem sie ihre zukünftige

Gestalt vor sich hatte, beschloß sie, nie so zu werden wie sie.

Dann kehrte sie ins Kloster zurück und wurde Nonne.

Sanft verstrichen in den Hügeln des Monferrato die Jahreszeiten. Der Frühling wich dem Sommer, der Sommer dem Herbst und dieser dann dem Winter mit seinen Schneemassen, den Kaminen, die in den Burgen und im Kloster angezündet wurden, den entlaubten Obstbäumen und den Gärten ohne Blumen.

Oft blickte die Nonne Odilia aus dem Fenster ihrer Zelle, achtete aufmerksam auf jede Bewegung, Veränderung, jedes Beben, auf die ersten Risse im Eis, auf das Vibrieren der Luft im Frühlingswind, auf das Schwellen der Zweige unter dem Druck der Knospen.

Endlich kam der Frühling, und die Nonne Odilia pflückte Veilchen und Immergrün und füllte damit ihre Zelle. Dann war plötzlich der Sommer da, und es folgten Herbst und Winter im ewigen Kreislauf der Jahreszeiten. Man zählt nicht die Jahre, wenn sich nichts ereignet. Und zwischen jenen Hügeln ereignete sich nichts. Gedämpft drangen die Nachrichten von draußen in das Kloster wie von einem anderen Stern, von einer anderen Menschheit. Auch die Kriege existierten nur, wenn man die Opfer sah oder die Wehklagen hörte.

Mit achtzehn Jahren war Odilia Äbtissin geworden, und alle Nonnen hatten ihr Gehorsam gelobt.

Sie wurde eine tüchtige Äbtissin. Pflichtbewußt und gewissenhaft leitete sie ihr kleines Lehen, umsichtig verwaltete sie die Erträge des Klosters. Gerecht gegenüber ihren Mitschwestern schlichtete sie bereitwillig Streitereien oder andere Unstimmigkeiten, die in dieser von Mauern umschlossenen Welt entstanden.

Sie steigerte die Erträge des Konvents, indem sie dessen Nutzgarten ausbauen und die überschüssigen Früchte verkaufen ließ und die Erzeugnisse des Gartens und des Hühnerhofes dafür verwandte, den Stall zu erweitern und die Anzahl der Zuchttiere zu erhöhen.

Vor allem den Nutzgarten hätte sie gern vergrößert und mit neuen Kulturen bereichert, sowohl wegen der Schönheit der Baumblüte als auch wegen des Dufts der Früchte. Doch der zur Verfügung stehende Raum reichte nicht aus, weil der Hügel, der zum Kloster gehörte, den Bäumen nur im untersten Streifen genug Feuchtigkeit bot: Weiter oben wurde es für die Apfel-, Birn- und Kirschbäume zu trocken. Andererseits wollte sie von ihrem Blumengarten, in dem sich die Rosenbüsche an den Klostermauern emporrankten, kein Stück wegnehmen. Einen roten Rosenstock liebte sie besonders, weil er vom Frühling bis zum Herbst blühte und zu ihrem Fenster lange Zweige hinaufstreckte, die voll mit samtenen Blüten waren.

Auch das Grab der Klostergründerin Odilia, das sich, von einer bogenförmigen kleinen Kapelle überragt, ganz hinten im Garten befand, hatte seine Rosenstöcke, blaßgelb, weiß oder zartrosa, wie es einem Menschen gebührt – dachte die junge Odilia –, der in seinem Leben so wenig geliebt hatte und geliebt worden war.

Über diesem Grab hätte sich die Kirche erhoben, wenn die verstorbene Äbtissin heilig geworden wäre. Aber das Zeichen der Heiligkeit hatte sich nicht eingestellt. Das Wunder war nicht eingetreten.

Warum? Odilia fragte sich das manchmal, aber da sie keine Antwort darauf fand, dachte sie nicht mehr darüber nach. Lieber beschäftigte sie sich mit dem Landbesitz des Klosters, ließ ihn bestellen und Früchte tragen. Des Abends saß sie oft am Rand des Gartens in der Nähe des Äbtissinnengrabes, wo der Hügel nach Süden hin in ein dichtes Eichengehölz abfiel. Auch der Wald wurde jedes Jahr am Ende des Winters sorgfältig gepflegt: man sammelte die dürren Äste, schnitt die trockenen Zweige ab, sogar kleine Bäume zuweilen, wenn das Gestrüpp zu dicht wurde. Und der Boden wurde von allem gesäubert, was der Schnee nicht hatte auflösen können. So war das Erdreich bereit, die kleinen Früchte des Frühlings in sich aufzunehmen.

In kurzer Zeit war das Kloster so reich geworden, daß es sich das Lob des Bischofs verdiente, der gelegentlich dort mit seltener Freigebigkeit bewirtet wurde. Auch gegenüber den Armen, ob aus der Gegend oder von weit her kommend, konnte die Äbtissin ungewöhnliche Großzügigkeit an den Tag legen: Vielen Familien, in denen ein Ernährer fehlte, wurde dauernd geholfen; andere konnten ihre Armut lindern, indem sie im Obst- oder Blumengarten des Klosters arbeiteten.

Auch Wanderern, Pilgern oder umherziehenden Bettlern vermochte die Äbtissin mit einem Geldstück oder großen Laiben Weißbrot zu helfen, die sie am Samstagmittag eigenhändig an die Armen austeilte.

Wie viele Jahre gingen mit dieser unermüdlichen Tätigkeit ins Land, für die sich Äbtissin Odilia nicht zu schade war? Wieviel Zeit?

Odilia zählte die Jahre nicht, wollte sie nicht zählen, wenn sie des Abends am Rand ihres Gartens saß und auf das Tal hinabblickte, das sich nach Süden erstreckte. Gerne saß sie dort bei Sonnenuntergang, wenn es die Jahreszeit zuließ.

Und sie beobachtete. Beobachtete, wie die Zweige der Bäume dort, wo die Knospen sprießen würden, kaum merklich dicker wurden. Ihr Blick drang durch das graue Wintergras und sah das frische Grün unmittelbar über dem Boden aufkeimen, verborgen und geschützt von den alten Gräsern des Waldes.

Dabei hing sie auch ihren Gedanken nach. Sie dachte nicht an das, was sie nicht gehabt hatte, nicht an das, was hätte sein können und nicht gewesen war. Diese Gedanken hätten ihr weh getan. Sie war eine gute Christin und wußte, daß sie aus dem, was sie besaß, einen Schatz machen mußte, soviel oder sowenig es auch sein mochte.

Das wußte sie, und sie hielt sich daran. Auch wenn ihr zuweilen sehr schwer ums Herz war.

Das geschah immer in jenen Stunden des Tages, in denen die Tätigkeit stillstand und fast das ganze Leben innehielt, wie in atemloser Erwartung, daß sich der Himmel bei Sonnenuntergang verfärbte. Da versank Odilia in stumme Betrachtung, und ihr ganzes Leben schien sich in den Augen zu konzentrieren.

Die Nonnen beobachteten sie von weitem und wagten es nicht, sich ihr zu nähern. Sie dachten, sie bete, oder sei, wie alle feinen Leute, ein bißchen verrückt.

Dort war es, als sie einmal, beim Grab der verstorbenen Äbtissin sitzend, plötzlich merkte, daß alle Spatzen schwiegen.

Es war ein schöner Abend im April, ohne Wolken oder sonstige Vorboten eines Gewitters oder Sturms. Warum hatten sich die Spatzen in ihre Nester verkrochen? Stumm und still, als erspähten sie von dort etwas, das gleich geschehen würde?

Kurz darauf wußte sie es, entnahm es dem wirren Geschrei, das von ferne kam. Es war ein schnelles Schlagen von Flügeln, die plötzlich den Himmel durchfurchten, eine ungeheure Bewegung der Lüfte, ausgelöst durch zarte und doch kraftvolle schwarze Körper. Eine Schar flog über ihren Kopf hinweg, sie spürte die Luft vibrieren, während der Himmel von Schreien betäubt war.

Die Schwalben waren zurückgekehrt.

DER WANDTEPPICH MIT DEM EINHORN

Warum dachte sie beim Gezwitscher der Schwalben an den Wandteppich mit dem Einhorn? Später fragte sie sich das immer wieder, ohne jedoch eine Antwort darauf zu finden.

Als an jenem Abend die Luft vom aufziehenden Nebel schnell kühl und schneidend wurde, dachte sie, daß sie sich beeilen müsse, um die Stickerei des Einhorns zu beenden. Es war eine große Handarbeit, der sie sich zusammen mit den Mitschwestern an den langen Herbst- und Winterabenden widmete.

Dann wurden Kerzen und Fackeln im Gemeinschaftsraum der Nonnen entzündet, und alle arbeiteten einträchtig an dem riesigen Wandteppich nach der Zeichnung, die Odilia selbst auf das Gewebe skizziert hatte. In einem großem Korb lagen die farbigen Seidengarne, die einen nicht unerheblichen Teil der Einkünfte des Klosters gekostet hatten. Und sie, die Äbtissin, verteilte die Farben, die die verschiedenen Teile des Wandteppichs füllen sollten. Hellblau für die vielen Blumen, die in der Wiese sprossen, und leuchtendes Kobaltblau für die große Wiese, auf der sich die dargestellte Szene abspielte. Karmesinrot für den Pavillon, der sich in der Mitte erhob, besetzt mit goldenen Lilien, deren Öffnung nach innen ein zarteres Rot erahnen ließ, fast rosa, vom Widerschein des Samts. Hinter dem Pavillon ragte ein Eichenwäldchen mit seinen zartgrünen Blättern, der Farbe des Frühlingslaubs, ins Blau. Aber an den Seiten des Pavillons, gewissermaßen um die Schwelle zu markieren, standen zwei Granatapfelbäume mit großen gelbroten Früchten. Ein kleiner Bach mit klarem Wasser wand sich um die Stelle, auf der sich der Pavillon erhob, wie um ihn in einem Diamanten einzuschließen.

Die Nonnen, die die Zwischenräume gehorsam mit den bunten Seidenfäden füllten, so wie es die Äbtissin vorschrieb, tauschten des öfteren neugierige Blicke, als fragten sie sich stumm nach dem Sinn des prächtigen Bildnisses. Sie sahen zwar die Blumen und die Gräser, den Wald und die Granatapfelbäume, aber sie verstanden nicht, warum die Äbtissin den Pavillon mit einem Wasserlauf umgeben wollte, so daß es aussah, als stände er auf einer Insel. Noch weniger aber begriffen sie, was das weiße Einhorn zu bedeuten hatte, das die Vorderbeine zu Füßen der Dame beugte und sie mit seinen leuchtendblauen Augen anstarrte. Denn am Eingang des Pavillons tauchte eine Dame auf, hochgewachsen und zart in einem blauen Brokatkleid, das wie der Pavillon mit goldenen Lilien bestickt war.

Auch die Dame sah das Einhorn an. Doch ihr Gesicht

war noch nicht mit Seidengarn ausgefüllt: es war ein weißer Fleck, eine leere Stelle.

An jenem Abend arbeiteten sie lange; Odilia und ihre Mitschwestern, beendeten die noch unfertigen Partien, den Schwanz eines weißen Hundes, die rosigen Flügel eines Vögelchens in der blauen Wiese, Kornblumen und Margeriten am Rand, die schöne Fibel des Kleids der Dame und andere Einzelheiten, die noch nicht fertig waren. Als die Nonnen, todmüde, die Nadeln weglegten, war der Wandteppich vollendet bis auf das Gesicht der Dame, ihre Haarflechten, die aus dem Goldreif herabflossen, und die Perlen, die ihre Stirn umkränzten.

Odilia betrachtete den Wandteppich mit Wohlgefallen, dankte dann den Schwestern und wünschte ihnen »Gute Nacht«. Es war höchste Zeit, daß sie sich zur Ruhe begaben.

»Von welcher Farbe werden die Augen der Dame sein, Herrin?« fragte eine junge Nonne beim Gutenachtsagen.

»Ich weiß nicht, Schwester«, antwortete Odilia lächelnd. Doch sie log, denn sie wußte es.

Allein geblieben, nahm sie haselnußbraune Seide und verlieh den Augen der Dame einen Blick. Mit etwas hellerer Seide stickte sie das Haar, und mit goldglänzendem Weiß füllte sie das feine, melancholische Gesicht aus. Dann nahm sie sich den Schleier ab und hielt ihre eigenen langen kastanienbraunen Haare gegen die der Dame auf dem Wandteppich.

DER PILGER

»Herrin, die Pilger warten auf das Almosen«, rief eine Mitschwester.

Es war nämlich Samstag, Samstag mittag, und Odilia hatte sich verspätet, weil sie noch Blumen im Gras des Gartens pflückte. Ihr war, wer weiß wie, die Idee gekommen, jedem Pilger mit dem Brot und der Münze eine Blume zu schenken.

Sie eilte zur Schwelle des Klosters, wo kniend die Pilger warteten. Eine Mitschwester hielt den Brotkorb, und Odilia trug die Geldbörse und ein Körbchen mit Blumen, Immergrün und Veilchen. Und allen gab sie zusammen mit dem Almosen eine Blume.

Als sie sich dem letzten Pilger näherte, einem Mann mit bereits grauen Haaren, faßte sie alle noch übriggebliebenen Blumen zu einem Sträußchen zusammen, um es ihm in die Hand zu drücken. Und dabei merkte sie, daß die Hand, groß und schön, zitterte. Die Münze, die sie aus der Börse gezogen hatte, schlüpfte zwischen die Blumen und fiel zu Boden.

Da hob der Pilger den Kopf, den er gesenkt gehalten hatte, und sie blickte in die blauen Augen des Ritters.

»Ich habe Euch ein Geschenk mitgebracht, Signora«, sagte der Pilger und hielt ihr die Hand offen hin. Sie saßen im Gemeinschaftssaal des Klosters.

»Ein Geschenk, Pilger?« und der Blick der Frau richtete sich auf den großen Handteller und schweifte über die rosigen Linien, die die weiße Haut durchzogen.

»Das hier, Signora«, entgegnete der Pilger und streckte ihr seine Hand entgegen. Und sie sah nun in der Kuhle, die sie bildete, zwei Samenkörner, ein großes, holziges und ein winzig kleines.

»Sie kommen von weit her«, fuhr der Pilger fort, »aus dem Lande Arabien.«

Mit der anderen Hand nahm er das größere Samenkorn: »Das ist ein Baum, der im Frühling Röschen mit fünf Blütenblättern tragen wird. Und im Juni bringt ein jedes eine Frucht hervor, die süßer und wohlriechender ist, als Ihr je eine gekostet haben dürftet, eine Frucht, die Ihr noch nicht einmal dem Namen nach kennt. Man nennt sie Aprikose ...«

Er legte den braunen Samen in ihre ausgestreckte Hand. »In diesem da«, sagte er und reichte ihr das kleine Samenkorn, »schlummert eine weiße Blume, die den betörendsten Duft ausströmt, den man in einem Garten des Orients riechen kann. Ihr Name ist Jasmin.«

Mit ihren weißen Fingern nahm die Äbtissin das winzige Samenkorn vom Handteller des Mannes.

»Gebt die beiden Samen in einen Blumentopf in Eurer Zelle, denn draußen auf der Wiese könnten die austreibenden Pflänzchen von den Schafen gefressen werden oder bekämen zwischen den Gräsern nicht genug Luft und Sonne, um sich zu entfalten. Sobald sie einige Spannen hoch sind, pflanzt das Aprikosenbäumchen an den Rand Eures Gartens, wo es zum Hügel hinaufgeht, und setzt den Jasmin an eine Stelle, die vor dem Nordwind geschützt ist und den Schutz einer Mauer bietet, die im Winter das bißchen Wärme speichert, das der Himmel aussendet, und die es an die Pflanze weitergibt, sie erwärmt und schützt.«

»Aufs Grab der verstorbenen Äbtissin«, sagte die junge Odilia, »unter den Bogen der kleinen Kapelle, die sich nach Süden hin öffnet.« Sie betrachtete die beiden Samenkörner in ihrer Hand und hob dann den Blick zu dem Mann, der ihr gegenübersaß: »Ich habe Eure Augen sofort wiedererkannt, auch wenn sie ihr Lächeln verloren haben.«

Beide schwiegen lange. Dann sagte der Pilger:

»Mein Lächeln ist tot, und vielleicht auch ich«, und er senkte das Haupt wie einer, den traurige Erinnerungen bedrücken.

Auch Odilia schwieg.

Sie hob erst wieder den Kopf, als der Ritter den großen Gobelin erblickte, der an einer Wand des Saals hing: Die Sonne beleuchtete die Seide, so daß zwischen dem Himmelblau und dem Karmesinrot das Gesicht der Dame erstrahlte.

Begeistert betrachtete er die glänzende, mit der Sticknadel gemalte Szenerie, die feinen Konturen der Gestalten, das wohlabgewogene Farbenspiel. Dann verharrte sein Blick auf dem Gesicht der Dame:

»Das seid ja Ihr, Signora!«

Odilia lächelte, und etwas ausweichend entgegnete sie:

»Ich hatte kein anderes Modell.«

Dann stand sie plötzlich auf, reichte ihm die Hand und sagte:

»Vielleicht ist es nicht üblich, daß eine Nonne einen Ritter zum Essen einlädt, aber schließlich bin ich Äbtissin, und hier gebiete ich.«

Es war Essenszeit, und eine Glocke rief bereits die Nonnen ins Refektorium.

»Hoffen wir, daß Schwester Buccia etwas mehr als die übliche magere Kost bereitet hat. Heute ist Samstag ...«

Aber Schwester Buccia, die Köchin des Klosters, hatte wirklich nur das Übliche zubereitet: Malvensuppe mit Kichererbsen und eine große Terrine mit gegarten Gänsedisteln. Die Äbtissin entschuldigte sich bei ihrem Gast und sorgte, so gut sie konnte, für Abhilfe, indem sie Nüsse und frischen Käse auftragen ließ.

»Morgen«, sagte sie, »kümmere ich mich selbst um

das Essen, wenn Ihr uns die Ehre erweist, im Kloster zu bleiben.« Dann, als sie die verlegenen Mienen der Nonnen und Schwester Buccias sah, die sich als die Älteste für alles, was vorfiel, verantwortlich fühlte, fügte sie rasch hinzu:

»Ihr könnt in der Hütte des Gärtners schlafen, die leer steht. Unser Gärtner hat geheiratet und lebt nun bei seiner Familie. Die Hütte ist seit einiger Zeit geschlossen. Sie wird freilich kalt sein ...«, und eilends schickte sie eine Nonne zu der Hütte, um Feuer zu machen und ein wenig Ordnung zu schaffen.

Die beiden blieben allein an der langen, nunmehr verwaisten Tafel sitzen mit einem Korb voll Nüssen, die der Ritter in seinen großen Händen aufbrach und die Kerne, von der Schale befreit, der Äbtissin Odilia darbot.

»Ihr braucht Euch nicht zu wundern, Ritter, daß wir Nonnen Wein anbieten können«, sagte Odilia, erhob sich und nahm aus einem Schränkchen einen kleinen Tonkrug, »wir halten immer welchen bereit, für den Fall, daß uns der Herr Bischof oder einer meiner Verwandten besucht.« Und mit diesen Worten schenkte sie dem Ritter einen Becher dunklen, gehaltvollen Weins ein, der einen angenehmen Duft verströmte. »Aber nun sagt mir«, fuhr die Äbtissin fort, »ob Euch das gut erscheint: Nüsse und Käse verlangen nach Wein, damit sich ihr Aroma voll entfalten kann.«

Der Ritter sog den Duft lange ein, legte dann die Lippen an den Becherrand und trank einen kleinen Schluck.

»Er ist ausgezeichnet, Signora. Doch welcher Zauberer bringt solch einen Wein hervor?«

»Ihr werdet ihn kennenlernen, Ritter, denn morgen wird er uns noch einen kleinen Krug bringen. Er besitzt einen großen Weinberg auf den Hügeln, die sich nach Westen neigen, und unser Wohltäter versorgt das Kloster mit dem Wein für die Gäste und auch für uns selbst, falls uns die Traurigkeit überkommt.«

»Trinkt mit mir, ich bitte Euch darum, Signora, dann wird der Sonnenuntergang, der nun, während wir uns unterhalten, den Himmel rot färbt, nicht mehr so traurig sein.« Er sprach's, erhob sich, trat zum Erkerfenster und setzte sich auf eine in die Wand eingelassene Bank aus Stein. Odilia nahm einen zweiten Becher, füllte ihn mit Wein und setzte sich dem Ritter gegenüber in die Nische desselben Fensters.

Zusammen sahen sie zu, wie die Farben vom glühenden Rotgold im Westen zum sanfteren Rosa und ins Grau übergehende Violett im Osten variierten. Odilia führte den Kelch an ihre Lippen und trank. Dann hob sie die Augen zum Ritter und sagte:

»Erzählt mir Euer Leben von dem Tag an, als ich Euch an jenem Frühlingstag zum ersten Mal sah.«

Der Ritter sah sie lange an, schüttelte dann den Kopf und antwortete, den Blick senkend:

»Nein, Signora. Ihr habt bereits gemerkt, daß das Lächeln aus meinen Augen verschwunden ist. Ihr selbst habt es gesagt. Und habt Ihr nicht auch gesehen, daß meine Haare grau geworden sind? Es ist die Asche des Schmerzes, die mein Haar gebleicht hat, und es ist das Grauen, das meine Augen, die es gesehen, stumm gemacht hat. An jenem Tag im Frühling brachen wir in der Gewißheit auf, eine gerechte Sache zu vertreten, erinnert Ihr Euch? Wir törichten Jünglinge in unserer einfältigen Überheblichkeit! Die meisten sind inzwischen tot, und sie haben Glück gehabt: denn sie verloren mit dem Leben auch die Erinnerung. Tausendmal hätte ich mit ihnen sterben mögen.«

»Ich bin froh, daß Ihr nicht tot seid«, sagte Odilia leise. Und sie goß dem Ritter einen zweiten Becher ein. Schweigend zog der Mann ein kleines, in ein Seidentuch gewickeltes Päckchen aus seinem Wams.

»Dies hier«, sagte er und reichte es dabei der Äbtissin, »hat mich am Sterben gehindert, als ich nach dem Ende der Schlacht zwischen den Leichen lag, ungläubig noch, daß mich der Tod nicht gewollt hatte. Dieses Päckchen, das ich immer bei mir trug, hat mir die Kraft verliehen, die Geier zu vertreiben, die sich herabstürzten, um sich an den Toten und den Lebenden zu laben. Und es hat mir zugeredet, unter dem Schild Schutz zu suchen, in ein Loch zwischen den Felsen zu kriechen, um der Sonnenglut zu entfliehen, und das stehende Wasser zwischen den welken Gräsern zu trinken.«

Odilia öffnete das Päckchen und erblickte einige getrocknete Blütenblätter von Blumen, die einmal tiefblau gewesen waren.

»Und die Samenkörner, die Ihr mir mitgebracht habt, Ritter, woher stammen sie?«

»Sie stammen aus einem kleinen Tal, das ich sah, voller Gärten und Obsthaine, so wie wir uns das irdische Paradies vorstellen. Ein Fluß durchzog es in seiner ganzen Länge, und von diesem Fluß leiteten die Gärtner das Wasser mit Hilfe einiger Pumpen in vielen kleinen Kanälen auf die Felder. Nach Sonnenuntergang, wenn die Hitze ein wenig nachließ, sah ich, wie sich diese Gärtner in ihren Gärten verteilten und die Pumpen betätigten, um das Wasser zu den Hängen des Tälchens hochzupumpen und es dort in großen Zisternen zu sammeln und dann über die Gärten, Wiesen und Weiden zu verteilen. Gierig nahm der Boden dieses Wasser auf, und Blätter und Blumen kamen nach dem langen Sonnentag wieder zu Kräften. Da wurden die Düfte noch intensiver, und mir, der ich vergeblich versuchte, die vielen Gerüche zu unterscheiden, die mir allesamt unbekannt waren, schwirrten die Düfte im Kopf herum, bis ich ganz betäubt war.«

»Und habt Ihr denn in diesem Tal auch schöne Bäume gesehen?«

»Herrliche Bäume, Signora! Ich sah Bäume von allerzartestem Grün, mit seltenen Blüten von karmesinroter Farbe, und zusammen mit den Blüten einige rötlichbraune Früchte, die unter einer harten Schale bittere und zugleich süße Kerne verbergen, leuchtend wie Edelsteine, weniger schmackhaft, aber schön anzuschauen. Die Leute dort kandieren sie gewöhnlich mit einer sehr süßen Substanz, die sie aus bestimmten Rohrpflanzen gewinnen. Jene Früchte nennen sie Granatäpfel. Ich sah Bäume mit großen, fleischigen Blüten, deren Farben zwischen Rosa, Rot, Lila und sogar Weiß wechseln; aus diesen Blüten geht ein großes Samenkorn, das, wenn es reif ist, aufplatzt und eine dichte Wollflocke liefert, mit der sie Kissen und Bettdecken ausstopfen. Ich sah riesige Apfelsinen, auch kleine, stark duftende, und Früchte aller Art, bei denen einem vor Lust und Verlangen das Herz aufging.«

»Und von dort nahmt Ihr diese Samenkörner, Signore?«

Der Ritter neigte den Kopf und sagte:

»Kurze Zeit später kehrte ich in dieses Tal zurück. Alles war niedergebrannt worden. Die Pumpen lagen in Trümmern, und der Fluß rann zwischen fauligen Sümpfen dahin. Lange lief ich umher und versuchte, in den verkohlten Baumstümpfen die schönen Pflanzen wiederzuerkennen, die ich gesehen hatte. Nur zwei erkannte ich wieder: eine, die ich mit rosa Blüten bedeckt gesehen hatte, und die, so war mir gesagt worden, süße und samtige Früchte trug; und einige dieser Früchte hingen noch schlaff an den verkohlten Zweigen. Von dort nahm ich den größeren Samenkern. Die andere Pflanze war ein zarter, biegsamer Strauch, der sich an der marmornen Brüstung eines Brunnens hochrankte. Er trug keine Früchte, sondern nur weiße, herrlich duftende Blüten. Von dort kommt das andere Samenkorn, der Jasmin. Ein kleiner Schößling blieb davon noch übrig, um den zerbrochenen Brunnen zu bedecken.«

Sie schwiegen, in ihre Gedanken versunken, dann sagte Odilia:

»Ich werde die beiden Samen in zwei Töpfchen in meiner Zelle setzen, und wenn sie zu treiben beginnen, pflanzen wir sie gemeinsam dorthin, wo Ihr meint. Noch eines möchte ich Euch fragen, ehe ich Euch schlafen gehen lasse, Pilger. Habt Ihr dort unten auch die Heiligen Stätten unseres Herrn besucht?«

Der Pilger schüttelte den Kopf. »Wir sind gar nicht bis Palästina gekommen. Unser Heer löste sich in der arabischen Wüste auf, nachdem wir in Tripolis an Land gegangen waren und vor den Toren des alten Baalbek die ersten Scharmützel mit unseren Feinden gehabt hatten.« Er schwieg und senkte den Kopf, dann fügte er hinzu: »Voller Übermut und kühn waren wir aufgebrochen, als gingen wir zu einem Turnier oder einem Fest bei Hofe. Auch hatten wir nicht gedacht, daß wir loszogen, um ein fremdes Land auszurauben. Und wer es wußte, hielt es weder für ein Vergehen noch für eine Sünde. Unser Herr hat in seinen zehn Geboten eines vergessen: Du sollst nicht das Land deines Nächsten rauben. Doch es dauerte nicht lange, bis uns die Wahrheit dämmerte, als wir sahen, wie jene Völker ihre Dörfer und Städte, ihre Gärten und Herden verteidigten. Und da zeigte es sich bald, daß wir Ritter zu Banditen geworden waren.«

»Banditen, Herr?«

»Ja, Banditen. Und wenn wir Hunger und Kälte und tödliche Müdigkeit erleiden mußten, so war das nur gerecht. Und wer starb, zahlte mit seinem Leben für die Ungerechtigkeiten, die wir aus Torheit begangen hatten. Wer nicht gestorben ist, zahlt einen noch höheren Preis. Doch zeigt mir nun den Weg zur Hütte, Signora, damit ich ein wenig ruhen kann, denn Eure so freundliche Aufnahme hat den Schmerz gelindert, der mein Herz wie ein ständiger Gast belagert.«

ODILIAS GARTEN

Um die Mittagszeit zeigte Odilia dem Ritter ihren Garten, der sich von der Klostermauer bis zum Fuß eines sanft ansteigenden Hügels erstreckte, dessen steilerer Abhang sich nach Westen hin senkte und sich unten im Tal in einem Wald verlor. Es war ein milder Maientag, und die Luft, genesen von der Rauheit des Winters, durchzog weich das Land, in dem sich schon überall der Sommer ankündigte.

»Seht«, sagte Odilia, »mein Garten ist wie in einer Muschel eingeschlossen, so daß er jeden Sonnenstrahl aufnehmen kann und vor den kälteren und heftigeren Winden geschützt ist. Im unteren Teil, wo sich das Wasser der Bächlein sammelt, wenn es regnet, habe ich die Gemüsebeete anlegen lassen. Laßt uns hinuntergehen.« Und sie schlugen einen schmalen Pfad ein, den die Schritte derer hinterlassen hatten, die zwischen Kloster und Gemüsegarten hin- und hergelaufen waren.

»Ihr habt die Stelle sehr gut gewählt, Signora. Gemüse liebt das Wasser mehr als jedes andere Gewächs, und die Feuchtigkeit einer Senke bekommt ihm recht gut.«

Tatsächlich hatte man an der tiefsten Stelle Kopfsalat

gepflanzt, dessen helles Grün sich in langen, schnurgeraden Reihen ausdehnte, die aus dem sorgfältig gelokkerten Erdreich ragten. Neben den Salatköpfen zogen sich schmale Zeilen mit Radieschen und Senfpflanzen hin, flankiert von Selleriestauden, die, wie man an den Erdhäufchen sah, durch die die Stengel von unten her geschützt wurden, eben erst gesetzt worden waren. Nach oben hin wurde der Garten durch Beete mit Knoblauch und Zwiebeln begrenzt, auch sie hatte man erst vor kurzem dahin gepflanzt, wo der Boden etwas trockener war.

»Euer Garten ist ein wahres Schmuckstück, Signora«, sagte der Ritter voller Bewunderung, »wo habt Ihr diese Kunst erlernt?«

»Indem ich mir die anderen Gärten anschaute, Signore. Einige hier in der Gegend sind ausnehmend schön. Der Garten von Ser Francesco zum Beispiel, jenem Zauberer, der den Wein keltert, den Ihr getrunken habt. Er hat einen überaus tüchtigen Gärtner, den blonden Gerardo, der manchmal kommt, um uns zu helfen. Der blonde Gerardo kennt alle Geheimnisse des Bodens, der Samen und der Pflanzen. Nach seinen Anordnungen wurde der Garten hier angelegt, und auch ich habe etwas von dieser Kunst gelernt.«

Sie stiegen den sanften Hang hinan und gingen nun durch den Blumengarten, wo schon zwischen großen fleischigen Blättern die Steinbrechgewächse blühten und die Akeleien auf ihren hochragenden Stengeln kurz vor dem Aufblühen waren. Je weiter sie hochstiegen, desto trockener wurde der Boden, und die kunstreich angeordneten Fliederbüsche, noch weit von ihrer sommerlichen Blütenpracht entfernt, wechselten mit den Rosenstöcken ab, die immer dichter standen, bis sie schließlich eine natürliche Begrenzung des Gartens bildeten.

»Seht, Ritter«, sagte Odilia, blieb an dieser Stelle stehen, drehte sich um und blickte auf den Weg zurück, den sie gegangen waren, »unser Garten endet hier und kann auch nicht darüber hinaus erweitert werden, weil das Wasser, obgleich während der Regenzeiten überreichlich vorhanden, nicht lange genug bleibt, um den Boden zu durchfeuchten, sondern nach unten strömt und sich dort sammelt.« Dabei deutete sie auf die Stelle des Gartens, wo die Salatköpfe besonders dicht standen. »Ich habe zwar, wie Ihr seht, diese kleinen Kanäle graben lassen, um das Regenwasser zu bändigen, das ansonsten das Erdreich ausschwemmen und hier und da sogar mit sich reißen würde. Und auf den Grund der Kanäle ließ ich Steine legen und säte an ihren Rändern Schachtelhalm. Aber leider kommt es trotzdem immer wieder vor, daß hier oben, sobald der Regen aufgehört hat, der Boden austrocknet und sich dort unten das Wasser zuweilen regelrecht staut.«

Sie hatten nun den höchsten Punkt des Hügels erreicht, wo nur Gräser gediehen, die noch grün von den Regenfällen des Frühjahrs waren. Gräser bedeckten nun auch auf einmal wieder den nach Westen abfallenden Hang des Hügels bis an den Rand eines großen Waldes.

»In wenigen Wochen«, fuhr Odilia fort, »werden diese Gräser ganz vertrocknet sein.«

Der Ritter blickte auf den in einer natürlichen Mulde liegenden Garten hinunter und dachte wieder an das liebliche Tal, das er in Arabien gesehen hatte, und an die klug ersonnenen Bewässerungsanlagen, in denen das Wasser mit von Menschenhand geschaffenen Pumpen aus dem Boden geholt und über die Gärten verteilt worden war.

»Wenn Ihr wollt, Signora, könnte ich vielleicht hier auf dem Scheitelpunkt einige Zisternen bauen, um das Wasser zu sammeln, und es dann an die Bächlein verteilen, die in Euren Garten laufen. Mit einfachen Schleusen, die man nach Bedarf hochziehen und hinunterlassen kann, ließe sich der Wasserfluß von den Zisternen nach unten regulieren und durch querlaufende Kanäle sogar über die Hänge verteilen, so daß die Flanke des Hügels bewässert würde. Man könnte dann auch auf dem Hang, der zum Gemüsegarten hin abfällt, Apfel-, Birn- und Kirschbäume pflanzen, wie ich dort drüben an der Klostermauer einige sehe« – und der Ritter wies auf den kleinen Obsthain, der sich fast gegen die Mauer des Gebäudes lehnte. »Man bekäme vielleicht Spätobst, aber es wäre süßer, wie jene Früchte, die in heißeren Gegenden reifen und die ganze Sonne des Sommers genossen haben.«

»Und hier oben könnten wir«, fügte die Äbtissin hinzu, »jene Bäume pflanzen, deren Samen Ihr mir geschenkt habt.« Und sie sah bereits den Gipfel des Hügels im Frühling in der Blütenpracht der Aprikosenbäume vor sich.

»Gewiß, das ist der ideale Standort für sie. Und hier«, sagte der Ritter und näherte sich dem Kapellchen, unter dem das Grab der Klostergründerin lag, »hier unter dem Bogen, der sich nach Süden öffnet, könnte man, dicht an der inneren Mauer, den Jasmin pflanzen.«

Die Klosterglocke rief zum Mittagessen. Odilia und der Ritter liefen auf dem schmalen Pfad den Abhang hinunter, durchquerten den Gemüsegarten und traten durchs Tor des Refektoriums, das auf den Garten hinausging.

Er zog die Glocke neben dem Tor und hielt den Krug in den Händen, den er soeben aus dem Karren gehoben hatte. Etwas erstaunt, aber wortlos sah er den Ritter an, der kam, um ihm zu öffnen. Dann verneigte er sich leicht gegenüber dem Herrn, der vor ihm stand, und sagte:

»Ich bin der Diener von Ser Francesco, welcher der Frau Äbtissin dieses Krüglein schickt.«

Der Ritter nahm den Krug, den ihm der junge Mann reichte, und fragte:

»Wie heißt Ihr?«

Etwas verblüfft, weil der andere ihn nicht kannte, sah ihn der junge Mann an. Trotzdem antwortete er höflich:

»Ich bin der blonde Gerardo, der Diener von Ser Francesco.«

Nun zeigte sich der Ritter verblüfft:

»Aber Ihr seid ja gar nicht blond!«

»Ich weiß, mein Herr. Und um die Wahrheit zu sagen, heiße ich auch nicht Gerardo. Doch alle nennen mich so. Meinen alten Namen habe ich vergessen.«

Inzwischen hatte der Ritter den jungen Mann hereingebeten und ging vor ihm her auf das Klostergebäude zu, an dessen Tür Äbtissin Odilia aufgetaucht war.

»Na, blonder Gerardo, welch guten Wein schickt uns denn unser edelmütiger Freund heute?«

»Es ist der Wein von den Höhen des Hügels, aus dem Faß, das mein Herr heute morgen erst entsiegelt hat.« Und bei diesen Worten verneigte sich der junge Mann tief vor der Äbtissin.

»Kommt, setzt Euch zu uns, um etwas auszuruhen und auch ein wenig mit uns zu plaudern, mit mir und dem Ritter, der im Kloster zu Gast ist. Sagt uns, wie geht es Eurem liebenswürdigen Herrn?«

»Gut, Signora. Er läßt Euch grüßen und bedauert, daß er nicht selbst kommen konnte, weil sich viele Herren bei ihm eingefunden haben, um von dem frisch angestochenen Faß zu kosten.«

»Und auch wir werden noch davon kosten, lieber Gerardo. Setzen wir uns doch hierher, unters Geißblatt«, und dabei führte sie die beiden Männer zu einer grünen Pergola, die noch nicht blühte und unter der ein roher Holztisch mit Bänken auf allen vier Seiten stand.

»Nun werden wir uns ein Tischtuch, einen Laib Brot und etwas dazu bringen lassen, um Ser Francescos jungen Wein zu versuchen. Dann könnt Ihr ihm mit unserem besten Dank das Urteil des Ritters und mein eigenes überbringen.«

Inzwischen kamen aus dem Kloster zwei junge Nonnen herbei, von denen die eine ein weißes Tischtuch und die andere einen Korb trug, aus dem sie einige

Zinnbecher und ein duftendes Brot holte und auf dem bereits ausgebreiteten Tuch verteilte.

»Holt doch bitte ein paar reife Radieschen, Schwestern, solche, die schon aus der Erde spitzen, und bringt uns ein Schälchen mit Nüssen. Und dann setzt euch zu uns, wenn ihr mögt, und kostet mit uns von Ser Francescos neuem Wein.«

Während alle vergnügt auf den Bänken unter dem Dach aus Geißblatt saßen, sagte der blonde Gerardo:

»Ich habe auf dem Brunnenrand ein Körbchen mit wilden Kräutern gesehen, die soeben mehrmals in das frisch geschöpfte Wasser getaucht worden waren. Wenn Ihr das Körbchen herbeibringen laßt, zeige ich Euch etwas, das mir mein Herr persönlich beigebracht hat. Laßt bitte auch etwas Salz holen.«

Äbtissin Odilia war bereits dabei, mit ihren zarten weißen Händen das Brot aufzuteilen. Dann reichte sie jedem, der wollte, ein Stück davon, während der Ritter die Nüsse in der Faust zerbrach und die Kerne auf das Tischtuch legte, damit sich die Damen bedienten. Der blonde Gerardo goß aus dem Krug Wein in die Becher, und alle sogen zuerst den Duft ein, ehe sie davon kosteten.

Als erster nahm der Ritter einen Schluck und lächelte. Die Äbtissin, die ihn beobachtete, sagte:

»Vielleicht kommt Euch unser Wein allzu gewöhnlich vor, da Ihr im Orient doch so viele edle Tropfen getrunken habt.«

Der Ritter sah sie an und lächelte:

»Ich habe dort unten auch Zypernwein getrunken, Signora, der mir so bitter vorkam wie die Luft, die ich dort atmete. Wenn Traurigkeit und Schuld ihre Wurzeln in die Seele schlagen, werden alle Sinne bitter. Dieser Wein hier hat vor allen Dingen den Geschmack der Unschuld, und genau das genieße ich nun. Sodann schmeckt er nach meiner Heimat, nach diesen Hügeln hier, wo ich geboren wurde, und die ich nun vielleicht wiederfinden werde. Aber habt keine Angst, ich weiß auch seinen wahren Geschmack zu genießen, den, der nicht dem Gefühl und der Sehnsucht entspringt«, und dabei führte er einen Nußkern zum Mund und aß ein Stückchen Brot dazu.

Alle tranken bereits und aßen das Brot mit den Nüssen, und der Wein, der beim ersten Schluck dem Gaumen etwas holzig vorgekommen war, verlor auf wundersame Weise jegliche Bitterkeit, als er sich mit dem strengen Geschmack der Nüsse vermischte.

»Dies ist der Augenblick«, sagte der blonde Gerardo, »ein Experiment durchzuführen, das mir mein Herr gezeigt hat.« Er nahm aus dem Körbchen mit den Kräutern einen Baldrianstengel und führte ihn zum Mund. »Der Baldrian ist süß«, sagte er kauend, »aber der Wein wird ihm ein leicht bitteres Aroma entlocken.«

Alle taten es ihm nach und wählten aus dem Korb die blassen Baldrianstengel mit den zarten, saftigen Blättern. Und während deren säuerliche Herbheit wich, merkten sie, wie der Wein einen leicht bitteren Geschmack annahm.

»Zusammen mit dem Lattich, der mehr Eigengeschmack hat, wird das Bittere schwächer«, sagte Gerardo und griff nach einem kleinen Büschel raschelnden Lattichs.

Sie folgten seinem Beispiel und achteten darauf, wie sich der Geschmack des Weins veränderte, der nun dem Gaumen schon milder und süffiger vorkam. Dann nahm der Jüngling einen Löwenzahn, zeigte ihn den anderen und sagte mit schlauem Lachen:

»Ich bitte Euch, Herrschaften, kostet nun von diesen Löwenzahnpflanzen, die wir Sonnenblumen nennen, weil sie, wenn sie ausgewachsen sind, große gelbe Blüten bekommen, und diese drehen sich stets zum Licht hin und wenden ihr Gesicht der Sonne zu.«

Alle kamen der höflichen Aufforderung nach und kosteten vom Löwenzahn mit den gezahnten, robusten Blättern. Und sie staunten nicht wenig, als der Wein plötzlich süß schmeckte, nachdem er sich mit dem bitteren Aroma des Löwenzahns vermischt hatte. Ohne sich von der Bank zu erheben, deutete der Ritter gegenüber dem jungen Mann eine Verbeugung an, worauf dieser lächelnd entgegnete:

»Es ist nicht mein Verdienst, sondern das meines Herrn, der mir diese Dinge beigebracht hat. Aber ich habe noch eine letzte Überraschung für Euch auf Lager«, sagte der blonde Gerardo, während sein Blick etwas in dem Kräuterkorb zu suchen schien. »Hier ist sie«, und er zog ein zartes gezacktes Kräutlein daraus hervor, »das ist die Raute, ein Kraut, das, in winzigen Mengen genommen, unseren Salaten jenes bittere Aroma verleiht, das sie schmackhaft macht. Versucht sie erst einmal allein, und Ihr werdet sie als so bitter empfinden, daß man den Geschmack kaum erträgt. Doch trinkt dann den Wein hinterher, und sie wird Euch ungewöhnlich erscheinen ...«

Die Hände der anderen suchten aus dem Korb das seltene zarte Kraut zwischen den anderen größeren und festeren heraus. Alle kauten darauf herum, vielleicht mit einem gewissen Widerwillen, dann nahmen sie die Becher zur Hand, die Gerardo in der Zwischenzeit aufs neue gefüllt hatte. Keinen Wein glaubten nun alle zu trinken, sondern zuckersüßen Likör, und beim Trinken wuchs ihr Durst, wegen jenes bitteren Geschmacks, der im Mund verblieben war und selbst nach langen wohltuenden Schlucken nicht weichen wollte.

Die Maiensonne ging hinter den Hügeln unter und vergoldete den Himmel im Westen. Die kleine Gesellschaft unter dem Geißblattstrauch unterbrach die Stille mit kurzen, leisen Wortwechseln, um die wundervolle

Stimmung dieses Nachmittags nicht zu verderben, der langsam dem Abend wich. Sogar die Tiere schwiegen, auch die Vögel. Mensch und Natur schienen das allabendliche Sterben des Tages zu erwarten mit der sanften Melancholie der Gewißheit, daß morgen ein neuer Tag anbrechen würde.

Und wie um diese Stimmung zu deuten, sagte der Ritter:

»Doch ich weiß noch, Herrschaften, mit welcher Verzweiflung mir im fernen Orient der Sonnenuntergang das Herz erfüllte, obwohl die Farben dort tausendmal intensiver sind und sie das Auge betören und die Phantasie mehr entzünden als hier. Vielleicht war es die Verzweiflung über die schnelle Verwandlung des Himmels, die Erkenntnis, daß die Nacht hereinbrechen würde, noch ehe sich das Auge an so viel Schönheit hatte satt sehen können. Womöglich war es auch Sehnsucht nach der langsamen Dämmerung über unseren Hügeln, nach jenem sanften Sichneigen des Tages, an das wir gewöhnt sind. Es war die Unsicherheit, was der nächste Morgen bringen würde, das Wissen, daß wir unser Leben für eine ungerechte Sache aufs Spiel setzten, die Wut darüber, daß wir unsere Jugend in einem Raubkrieg vergeudeten ...«

Der Ritter schwieg, und alle beobachteten wortlos, wie die Farben allmählich verblaßten. Als jegliche Farbe verblichen war, erhob sich die Äbtissin und sagte:

»Wir müssen uns nun zum Gebet zurückziehen, wie immer bei Sonnenuntergang.«

Alle standen auf, um der Äbtissin zu folgen, und auf einmal fingen die Vögel zu singen an und die Grillen begannen zu zirpen, die Blätter zu rauschen, und der Hund stimmte sein Gebell an.

Der blonde Gerardo bat um die Erlaubnis, gehen zu dürfen, und alle anderen traten in einen kleinen Raum des Klosters, den ein Kruzifix als Ort des Gebets auswies. Die einzige Einrichtung war ein kleines Chorgestühl, in dem die Nonnen saßen, um ihre Psalmen zu singen. Der Ritter setzte sich auf eine Bank gegenüber, senkte gedankenverloren das Haupt und den Blick zu Boden.

Die Nonnen sangen. Odilia sang mit ihnen.

Flackernder Kerzenschein beleuchtete schwach die Gesichter der Nonnen und die silbrigen Haare des Ritters. Odilias Blick stahl sich hin und wieder zu jenem gesenkten Haupt und zog sich sogleich wieder zurück. Sie beschloß, geradeaus ins Leere zu blicken, wie sie es immer getan hatte. Sie sang und fragte sich nicht, woran der Ritter wohl denken mochte. Auch sie dachte eigentlich an nichts, während sie sang. Sie wollte an nichts denken. Sie spürte, wie in ihrem Inneren etwas anschwoll, ein Zittern, das keine Angst war, so, als keime ihr das Lied im Körper, breite sich aus und erfülle sie mit einer sonderbaren Süße. Mag sein, daß sie lächelte.

Und sie konnte nicht verhindern, daß ihr Blick zu dem Ritter wanderte, der auf der Bank saß. Und ihre Augen begegneten den seinen.

FEIERTAG

Was war das heute bloß für ein Tag? Samstag? Sonntag? Die Glocke des Klosters blieb stumm! Niemand hatte sich darum gekümmert, sie zu läuten.

Diesmal wurden die Nonnen vom Gezwitscher der Vögel geweckt, in das sich das Piepsen der hungrigen Nesthocker mischte. Die Amseln, denen die Nonnen jeden Morgen Brotkrümel hinstreuten, flatterten aufgeregt vor der verschlossenen Tür hin und her und pickten einige Reste, die am Tag zuvor der Gefräßigkeit der Hühner entgangen waren. Auch diese hatten schon seit einiger Zeit den Hühnerstall verlassen, wütend zupften sie die letzten Grashälmchen zwischen den Pflastersteinen des Hofes aus, rannten dann zur Schale neben dem Brunnen und versuchten, den Hunger zu überlisten, indem sie sich die Mägen mit Wasser füllten. Und um sich die schlechte Laune zu vertreiben, hackten sie gegenseitig aufeinander ein. Einen Hahn hielten die Nonnen nicht.

Als Schwester Buccia, noch ganz schlaftrunken, die Tür öffnete, verblüfft, daß die Sonne schon so hoch stand, stürmte eine ganze Horde hungriger Tierchen auf sie zu, der sich auch Musone, der große Hund, anschloß, aber mehr um sie zu begrüßen als aus eigensüchtigen Gründen. Er konnte es gar nicht fassen, daß man so lange schlief, und zeigte nun seine Zufriedenheit, indem er mit dem Stummelschwanz wedelte und sein langes krauses Fell schüttelte. Nur der hochnäsige Kater Sibillo regte sich nicht, erstens, weil er nicht zu erkennen geben wollte, daß er sich sorgte, ob das Leben wie sonst weitergehe, und zweitens, weil er wußte, daß er sich, was auch passierte, immer mit Mäusen und Schlangen würde behelfen können. Allerdings, das mußte er zugeben, zog er Schwester Buccias Suppe bei weitem vor, obwohl die alte Nonne wirklich keine große Köchin war. Wenn überhaupt sorgte er sich um eine Bleibe, sollte das unwahrscheinliche Ereignis eintreten, daß im Kloster niemand mehr aufwachte und diese Tür für immer verschlossen bliebe.

Während sich Buccia des Ansturms der Amseln, des Gegackers der Hühner und der ungestümen Zärtlichkeiten Musones zu erwehren suchte, wollte Sibillo deutlich machen, daß er lediglich ein bißchen schmollte, und er rollte sich zusammen und tat, als schliefe er. Aber zwischen den Pfoten linste er mit einem halbgeschlossenen Auge zu den Händen der Schwester hin und sah, daß sie leer waren.

Starr vor Verwunderung blickte die gute Schwester noch ein Weilchen zur Sonne empor und fragte sich, wie es möglich war, daß diese schon so hoch am Himmel stand. Sie war überzeugt, daß die Sonne sich geirrt hatte und zu früh aufgestanden sei. Dann ging ihr ein Licht auf, und sie griff sich mit beiden Händen an den Kopf. Sogleich hängte sie sich an die Kette der Glocke und läutete lange Zeit ohne Unterlaß. Als sie endlich aufhörte und ins Haus eilen wollte, um das Kleienfutter für die Hühner zu bereiten, lief sie auf der Schwelle der Äbtissin in die Arme.

»Herrin, Herrin!« rief sie. »Was ist bloß geschehen?«

»Nichts, liebe Buccia. Wir sind nur ein wenig später aufgestanden.«

Die Äbtissin lächelte. »Vielleicht ist es Sonntag, jedenfalls muß es ein Festtag sein. Versorge die Tiere, Schwester: ich kümmere mich um das Essen. Wir haben den Ritter zu Gast«, und sie deutete mit der Hand zur Hütte des Gärtners hin, »und da wir ihm schon kein bequemeres Bett bieten können, müssen wir ihm wenigstens ein Mahl vorsetzen, das seiner würdig ist, findest du nicht, Schwester Buccia?«

Die einfältige Buccia glaubte ein maliziöses Lächeln auf den Lippen der Äbtissin zu entdecken, wollte aber sogleich annehmen, daß sie sich geirrt hatte. Worüber hätte die Äbtissin auch lächeln sollen?

Im Kloster, vor allem, wenn Gäste da waren, speiste man bei Sonnenuntergang, gemäß einer Gewohnheit, die sich die Äbtissin aus jenen Jahren bewahrt hatte, als sie noch auf der Burg ihrer Eltern lebte. Es war daher genug Zeit, das Essen in aller Ruhe vorzubereiten.

»Was hältst du davon, Buccia, wenn wir mit einer Kräutertorte aus dem Ofen beginnen? Mit Milch, Eiern und geriebenem Käse?«

Buccia sah die Äbtissin stirnrunzelnd an. Und mit der Torte würde man den Anfang machen? Aber wo glaubte sie denn zu sein, am Hof?

»Wenn das so ist, muß sofort der Ofen angeheizt werden. Heute hatten wir das nicht vorgehabt«, brummte Buccia in strengem Tonfall. »Das Brot haben wir ja gestern schon gebacken.«

»Gut. Befiehl den jüngsten Schwestern, Reisigbündel zu holen und den Ofen zu heizen. Bei der Gelegenheit braten wir auch gleich noch ein paar junge Hennen und backen süßes Fladenbrot.«

Buccia verschlug es die Sprache. Vielleicht war sie sogar blaß geworden, soweit dies die gesunde Bräune zuließ, die sie sich bei der unermüdlichen Pflege des Gartens erworben hatte. Odilia, der ihre Verwunderung nicht entgangen war, wollte ihr alles erklären:

»Wir haben auch Ser Francesco zu Gast, und zudem kann jederzeit irgend jemand unvorhergesehen hier eintreffen. Wir müssen die Leute gebührend empfangen.«

»Kann ich mithelfen, das Holz herbeizutragen und den Ofen zu heizen?« fragte eine Stimme im Rücken der beiden Frauen. Es war der Ritter, dem die Nachtruhe und eine verborgene Freude ein jugendliches Aussehen zurückgegeben hatten, das man vor einigen Tagen dem grauen Pilger nicht zugetraut hätte. Seine Augen spiegelten den Frühlingshimmel wider.

»Gewiß, Ritter, wenn Ihr dazu in der Lage seid«, entgegnete Odilia lachend. »Laßt Euch von den jüngeren Schwestern helfen. Und du, Buccia, sei so gut und höre mir zu. In die Torte wirst du zusammen mit dem Mangold so viel Majoran wie nötig tun, und einen großen, fein aufgeschnittenen Kohlrabi, einige gehackte Borretschblätter sowie zwei Zwiebeln. Eine weitere große Zwiebel leg für mich zur Seite; ich möchte sie in runde Scheiben schneiden, um die Torte mit einer Rosette zu verzieren. Du kannst trockenes, in Milch aufgeweichtes Brot darangeben und den Käse, den wir vergangene Woche gesalzen haben.«

»Herrin, es ist noch ein Rest von der gestrigen Mahlzeit übrig ...«, wagte Buccia einzuwenden.

»In Ordnung. Achte jedoch darauf, ob er nicht zu hart geworden ist. Und nun hör mir gut zu: die Hühner werde ich selbst füllen.«

»Zwei!« rief Buccia aus.

»Ja, zwei! Es könnten sich unvorhergesehen Gäste einfinden, und wir selbst sind ja schon so viele. Leg mir Wurst, Eier und Käse für die Füllung zurecht. Und Majoran.«

»Aber Herrin! Zwei Hühner auf einmal und noch dazu gefüllt. Das ist Verschwendung!«, und sie entfernte sich brummend. »Eine Verschwendung, eine solche Verschwendung!« – hörte man sie vor sich hin murmeln, während sie im Garten das Grünzeug abschnitt. Odilia beobachtete sie verblüfft. Arme Buccia! Wie oft gab es Kohlrabi und Kichererbsen zum Abendessen, Suppen, die nach nichts schmeckten. »Warum kann sie nur nicht kochen«, dachte Odilia. Sie selbst hätte die Suppen besser gemacht ... aber schließlich war sie Äbtissin des Klosters und konnte schlecht an die Stelle der Köchin treten. Und plötzlich widerstrebte ihr die Vorstellung, zwei Hühnern den Hals umzudrehen. Sie bekam Mitleid:

»Buccia!« rief sie ihr zu. »Hol nur ein Huhn, und nimm es aus, ohne es zu zerteilen. Ich werde dafür sorgen, daß es sich verdoppelt.«

Buccia, die sich über eine Furche des Gartens gebeugt hatte, hob den Kopf; sie hatte nicht so recht verstanden:

»Was macht Ihr damit?«

»Aus einem mache ich zwei.«

»Herrin, bitte, sagt nicht solche Sachen. Nur unser Herr und die Heiligen können Wunder tun«, sagte sie und dachte bei sich: »Und hier gibt es keine Heiligen.«

Buccia beeilte sich, alles vorzubereiten, was die Äbtissin befohlen hatte, und dabei dachte sie, daß die alte Äbtissin wirklich nicht heilig geworden war, nie aus einem Huhn zwei gemacht hatte, kein Essen organisieren konnte, ja es nie ein Essen im Kloster gegeben hatte. Für wen auch? Es war ja nie jemand gekommen. Der Bischof, gewiß, der machte seine alljährliche Visite und hatte es immer eilig, wieder wegzukommen. Zwar bot man ihm Wein an und blasse Teigkringel, die im fast kalten Ofen gebacken worden waren. Er nahm einen davon, trank den Wein, prüfte die Rechnungen und ging. Außer ihm war nie jemand vorbeigekommen. Jetzt hingegen! Ritter, Fuhrleute, und alle aßen im Hof, unter der Pergola anstatt im Refektorium! Und als ob all das noch nicht genug wäre, wollte diese Äbtissin nun auch noch die Hühner vermehren!

»Und das süße Brot«, sagte Odilia und blieb auf der Schwelle stehen, als sie ins Haus zurückkehrte, »das werde ich mit Trestermarmelade füllen und mit viel Zimt. Laß es nicht zu lange im Ofen, damit es nicht trocken wird.«

Buccia tat alles, was die Äbtissin angeordnet hatte, legte auch eine stattliche Anzahl Rüben zum Braten in den Ofen, die im Kloster niemals ausgingen, weil alle ihnen welche schenkten, und die köstlich schmeckten, wenn man sie, runzelig geworden von der Hitze, schälte und mit Salz würzte. Auch ein paar Äpfel legte sie dazu, die noch aus dem Vorjahr stammten und deshalb recht trocken zu werden begannen. Und während sie so herumhantierte, versuchte sie ab und zu einen

Blick in die Küche zu werfen, wo die Äbtissin, in einem verborgenen Winkel, mit ihrem scharf geschliffenen Messer auf geheimnisvolle Weise an dem Huhn arbeitete.

Sie hatte sich ausbedungen, von niemandem gestört zu werden, und man mußte gehorchen. Und sosehr Buccia auch von weitem hinüberspähte, sah sie doch nur, daß sich die weißen Hände der Äbtissin ständig bewegten, die Handgelenke und die Arme, an denen sie die Ärmel hochgeschoben hatte.

Buccia konnte nichts erkennen. Und als die Äbtissin ihr Werk beendet hatte, stellte sie eigenhändig eine große tönerne, gut zugedeckte Backform in den Ofen, verschloß dessen Tür und befahl, daß niemand sie öffne.

DIE VERMEHRUNG DER HÜHNER

Im Refektorium war der Tisch gedeckt, eine lange mit einem blütenweißen Leintuch gedeckte Tafel. Die immer noch hoch stehende Sonne drang durch die drei nach Westen gerichteten Fenster und zeichnete sich auf dem Fußboden in drei hellen Rechtecken ab. Eine junge Nonne legte das Brot auf das Tischtuch.

Odilia, die in der Tür stand, betrachtete die festlich gedeckte Tafel an der Wand des Refektoriums mit Wohlgefallen: »In Kürze«, dachte sie bei sich, »werden die Sonnenstrahlen auf den Tisch fallen und alle Farben zum Leuchten bringen.« Sie bat die Schwester, einige Gefäße für die Blumen zu bringen. In der Hand hielt sie einen Korb voller weißer Margeriten, die zwischen dem hohen Maiengras aufgeblüht waren, und ihnen hatte sie Mohnblumen aus dem jungen Weizenfeld beigesellt. Während sie sie in den Vasen verteilte, dachte sie mit Zufriedenheit an die Speisen, die langsam im großen Backofen schmorten, in der gleichmäßigen und sanften Hitze, die geblieben war, nachdem die Reisigbündel verbrannt waren und die Tonformen wie die Wände eines großen Bauchs erwärmt hatten.

Sie hatte noch Täubchen hinzugefügt, die sie in große

Speckscheiben gewickelt und mit Rosmarinzweigen wie mit Nadeln festgesteckt hatte: Sie fürchtete, daß die Speisen nicht ausreichen würden, um aus dem Essen ein Fest zu machen.

Die Glocke des Klostertors ertönte. Ein hektisches Hin und Her setzte ein: wer mochte das sein? Aber alle wußten genau, wer es war.

»Schwestern! Habt ihr nicht die Glocke läuten hören? Schnell, öffnet das Tor, der Gast wird sonst denken, er sei nicht willkommen.« Sofort hörte das Durcheinander auf, und sie gingen öffnen.

Tatsächlich war es Ser Francesco, der da eintrat, hochgewachsen, hager und barhäuptig. Im Licht des kleinen Tors, das sich in der Mauer öffnete und das er ganz ausfüllte, zeichnete sich seine Gestalt deutlich ab. Er war in einen weiten Reisemantel gehüllt, der ihm bis auf den Rand der Stiefel herabfiel; am Zügel führte er den großen Fuchs, den er bei längeren Reisen zu reiten pflegte.

»Ich komme von jenseits des Appenin«, sagte er, »und nichts wünsche ich mir sehnlicher, als hier bei Euch ein wenig auszuruhen, und, wenn Ihr mich haben wollt, mit Euch zu speisen.«

Odilia war herbeigeeilt und hatte ihm die Hand zum Kuß gereicht. Ser Francesco verneigte sich tief und nahm die Hand der Äbtissin.

»Ihr seid willkommen, Ser Francesco. Der Feiertag konnte uns keinen willkommeneren Gast bringen. Und

Ihr werdet auch etwas Besseres vorgesetzt bekommen als die übliche armselige Suppe«, fügte Odilia etwas schelmisch hinzu.

Ser Francesco, der nach einem mehrstündigen Ritt ohne Rast sehr hungrig war, wurde es ganz warm ums Herz, was er sich jedoch nicht anmerken ließ.

»Signora, wie armselig Eure Suppe auch sein mag, sie hat den unschätzbaren Vorzug, mich in dieses Haus geführt zu haben, das Ihr durch Eure Gegenwart mit Leben zu erfüllen versteht.« Die Äbtissin verneigte sich leicht zum Dank und führte den Gast ins Refektorium, wo die Tafel im leuchtenden Weiß des Tischtuchs und in der bunten Blumenpracht erstrahlte.

»Signora«, sagte Ser Francesco, von einem plötzlichen Zweifel befallen, »habt Ihr denn noch Wein?«

»Wir haben noch, keine Angst, Ser Francesco, obwohl einiges davon getrunken wurde, da wir einen besonderen Gast hier bei uns haben, einen Ritter, der vor kurzem aus dem Heiligen Land zurückgekehrt ist.«

Ser Francesco zog die Augenbrauen zusammen, während sich sein Gesicht verdüsterte:

»Einen Ritter, der aus dem Heiligen Land zurückgekehrt ist? Einen Tempelritter vielleicht?«

»Nein, Ser Francesco. Einen aus unserer Gegend, einen Ritter, der seelisch gebrochen ist, der als armer Pilger zu uns kam und den wir in der Hütte des Gärtners beherbergen.«

Ser Francescos Miene schien sich zu entspannen, und noch mehr entspannte sie sich, als er den Ritter mit dem Schieber in der Hand sah, um das, was ihm Schwester Buccia anzeigte, aus dem Ofen zu holen. Er trat zu ihm und begrüßte ihn mit einer leichten Verbeugung.

»Dies ist Ser Francesco, der Zauberer des Weins«, sagte Odilia, ihn vorstellend. Der Ritter war für einen Moment verunsichert, weil er die große Backform in den Händen hielt, die er aus dem Ofen gezogen und, geschützt durch zwei Grasbüschel, an den Henkeln gefaßt hatte. Odilia nahm sie ihm ab, um sie auf den Tisch zu stellen und die beiden Männer sich selbst zu überlassen. Doch das Gespräch war kurz, weil das Glöckchen, das zur Mahlzeit rief, von den Händen Schwester Buccias in Gang gesetzt, unaufhörlich bimmelte. Und schon füllte sich das Refektorium.

Erstaunt betrachteten alle Gäste die schöne Tafel, auf der zwischen den runden Weißbroten eine Pyramide aus gerösteten Rüben sich erhob, die in einer warmen Dampfwolke ihren Duft verströmte, und wo in einer großen Zinnschüssel viele in knusprigen Speckmantel gehüllte Täubchen lagen. Doch alle Augen richteten sich sodann auf die zugedeckte Backform, deren Deckel Odilia nun effektvoll hochhob.

Zwei Hühnchen, sanft gebräunt, kamen darunter zum Vorschein.

Während alle über den köstlichen Anblick, den die

beiden Hühnchen boten, in Entzücken gerieten und ihre Bewunderung äußerten, bekreuzigte sich Buccia. Es bestand kein Zweifel, es waren zwei, und sie, die einen gewissen Verdacht gegenüber ihrer Äbtissin hegte, hatte erst vor wenigen Minuten alle Hühner gezählt. Nur ein Huhn hatte gefehlt. Ihr stockte der Atem, ein Schauer durchlief sie. Als sie wieder zu Atem kam, trat sie zitternd zur Äbtissin, die gerade die Komplimente der Gäste entgegennahm, und murmelte, die Hände vor dem Mund gefaltet:

»Herrin, liebe Herrin, es war doch nur ein Hühnchen.«

Die Äbtissin sah sie etwas verdutzt an, denn sie vermochte sich die Erregung der guten Schwester nicht zu erklären. Dann ging ihr ein Licht auf, und sie sagte lachend:

»Nein, Buccia, es ist nicht das, was du glaubst! Das Wunder der Vermehrung der Hühner habe ich nicht vollbracht. Es ist nach wie vor nur ein Huhn«, und dabei zog sie die arme Buccia an den Tisch heran:

»Schau, Buccia: es ist ein einziges Huhn«, und sie zeigte auf das weniger gebräunte Stück der beiden. »Das hier«, und sie deutete auf das andere, »ist nur die Haut, gefüllt mit der Mischung, die ich von dir zubereiten ließ. Dem einzigen Hühnchen, das du mir zugestanden hast, habe ich mit dem scharfen Messerchen die Haut abgezogen, ohne sie zu zerreißen, bis auf die Stellen, wo ich den Hals und die Beine abschnitt. Nachdem ich es gefüllt hatte, habe ich die Öffnungen zugenäht. Nun sieh es dir selbst an.« Und sie zeigte ihr, daß das zweite Huhn nur eine ausgestopfte Haut war. »Und ohne Wunder zu vollbringen, habe ich so aus einem Huhn zwei gemacht.«

Unter Jubel und Händeklatschen nahm das Essen seinen Anfang.

Der Abend war bereits hereingebrochen. Odilia hatte die Kerzen löschen lassen, und der junge Maimond durchflutete die rechteckigen Fenster mit weißem Licht. Die Schwestern hatten sich zurückgezogen. Nur Odilia saß noch bei ihren Gästen, und alle drei blickten gedankenverloren auf den hellen Schein, der durch die Fenster drang. Ser Francesco brach schließlich das Schweigen:

»Signora, warum laßt Ihr auf dem westlichen Hang Eures Hügels keine Weinreben pflanzen? Es ist eine gute Lage; Ihr bekämt davon einen ausgezeichneten Wein.«

Odilia sah ihn überrascht an. An Weinreben hatte sie nie gedacht. Obstbäume, Gemüsebeete, Blumengarten, ja, diese Kulturen waren ihr vertraut. Aber an einen Weinberg hatte sie nie gedacht.

»Ist es nicht schwierig, Ser Francesco, Weinreben zu ziehen?«

»Nein. Gewiß, man muß sich darauf verstehen: Es ist

eine inzwischen alte Kunst, und nur wer sie beherrscht, kann gute Ergebnisse erzielen. Wenn Ihr erlaubt, werde ich Euch auch die ersten Weinstöcke besorgen, und mein Gehilfe, der sich der blonde Gerardo nennt, wird Eurem Gärtner beim Einpflanzen zur Hand gehen und Euch seine eigene Arbeitskraft zur Verfügung stellen. Er freut sich immer, wenn er für Euch arbeiten kann. Ihr werdet sehen, es ist eine Kultur, die viel Freude und Befriedigung bereitet, hier, in einem Landstrich, der von Gott dafür geschaffen zu sein scheint, daß der Mensch Wein anbaut. Es nicht zu tun, wäre eine Sünde, wäre so, als ließe man die Gaben der Erde verkümmern.«

Der Ritter, der schweigend zugehört und dabei wieder an die herrlichen Weingärten gedacht hatte, die ihm bei seiner Reise durch die Gegend von Byzanz aufgefallen waren, wurde von einem Zweifel erfaßt und sagte:

»Die Winter sind hierzulande recht kalt, und der Boden gefriert. Wie kann die Wurzel einer solch zarten Pflanze die Kälte überstehen?«

»Die Wurzel sitzt sehr tief, mein Herr, und es kommt vor allem auf die Wahl des Standortes und der Rebsorte an. Gewiß würden hier die schönen Weinstöcke Zyperns und Pantellerias erfrieren, aber nicht die unseren, die die Härten des Winters überstehen, weil sie tief im Erdreich wurzeln und die Wärme aufnehmen, die es im Sommer gespeichert hat, und die schwachen Strahlen der Wintersonne einsaugen. Da im Winter die Morgensonne nicht wärmt, muß man Bergrücken wählen, die nach Süden oder Westen hin abfallen, und immer Böden in Hanglage, nie welche in der Ebene: die Strahlen der Sonne, die im Winter schräg auf die Erde auftreffen und daher die Ebenen kaum erwärmen, prallen senkrecht auf die steilen Flanken der Hügel und dringen tiefer in sie ein. Diese Lage schützt die Pflanzen auch vor zu starker Sommerhitze, weil dann zur Mittagszeit die Sonnenstrahlen senkrecht auf die Ebenen treffen, aber schräg und weniger kräftig auf die Hanglagen. Daher sage ich ja, daß diese Hügel hier von Gott geschaffen sind, damit der Mensch auf ihnen Weinreben anpflanzt, ebenso wie die Hügel weiter südlich, etwa an der ligurischen Küste, dazu da sind, daß der Mensch auf ihnen Olivenbäume pflanzt.«

Bei diesen Worten hatte sich Ser Francesco erhoben und seine Lampe am Kamin entzündet.

»Nun muß ich Euch Lebewohl sagen, Signora. Es ist spät geworden, und mein Gut liegt, wie Ihr wißt, noch ein ganzes Stück von hier; auch kann mein Pferd bei Nacht nicht so schnell laufen. Denkt bitte über meinen Vorschlag nach, und wenn Ihr ihn annehmen wollt, werde ich Euch in jeder nur denkbaren Hinsicht behilflich sein, und das mit Vergnügen, denn wie der blonde Gerardo arbeite auch ich gern für die reizende Herrin dieses Klosters.«

Dabei verbeugte er sich vor der Äbtissin und dem Ritter, die ihn zum Gartentor begleitet hatten, und ging, sein Pferd am Zügel führend, den steilen Pfad hinab zur Straße, die breit im Tal dahinlief.

DER EICHENWALD

Nachdem der Ritter und die Äbtissin Ser Francesco bis zum Tor des Klosters begleitet hatten, waren sie zum Gipfel des Hügels hochgestiegen und blickten nun auf den nach Westen abfallenden bewaldeten Hang hinab, auf dem der Weinberg angelegt werden sollte. Der Mond schien zwischen den Bäumen hindurch und schwebte still über den Wipfeln der alten Eichen. Wie ein Hauch fuhr die Nachtluft durch die Blätter, und der ganze Wald schien in diesem sanften Rauschen zu atmen.

»Ritter, der Wald dort unten müßte abgeholzt werden, um Platz für die Weinstöcke zu schaffen«, sagte Odilia. »Aber dieser Wald lebt. Abgesehen davon, daß er uns im Winter Reisig und Holz liefert.«

»Und er ist wunderschön«, fügte der Ritter hinzu. »Ich habe ihn heute morgen durchquert, als das ganze Kloster noch schlief. Ihr pflegt Eure Gehölze sehr gut, noch nie habe ich einen saubereren Waldboden gesehen, ohne Gestrüpp, das den jungen Bäumen schadet und beim Pflücken der Früchte zwischen den Gräsern hinderlich ist. Er ist wie ein Garten.«

»Wir schneiden das Unterholz zweimal im Jahr aus,

um Reisig zu gewinnen, und im Herbst wähle ich selbst die alten Bäume aus, die gefällt und durch junge Pflanzen ersetzt werden müssen. Das Gras zwischen den Bäumen dient uns als Weide, denn wir haben keine Wiesen.«

»Und Ihr liebt diesen Wald.«

Odilia errötete leicht im Dunkel.

»Er ist wie ein Zufluchtsort«, sagte sie, »er weiß zu verbergen, was man verbergen will, er schützt die Schutzsuchenden und erträgt alles, Wind, Sturm und Schnee, und trotzt allen Unbilden der Witterung. Niemand ist so stark wie der Wald.«

»Ihr sprecht von ihm, als ob er ein Mensch wäre ...«

»Für den, der einsam ist, ist er ein Freund.«

Der Ritter ergriff im Dunkel ihre Hand und führte sie langsam an seine Lippen.

»Dieser Ort ist verzaubert«, sagte er, »und heilig. Es scheint, als bewohnten ihn noch immer die Gottheiten der alten Druiden, die ihre Kulthandlungen schweigend zwischen den Bäumen vollzogen und über die weise Magie jener Völker verfügten, die einst in diesen Gegenden lebten und von denen so viele wundersame Legenden erzählt werden.«

Auf gut sichtbaren Pfaden, die sich zwischen den Stämmen der größten Eichen hindurchschlängelten, gingen sie nun den Hang hinunter.

»Seht, Odilia, nun, da er untergeht, schickt der Mond

seine Strahlen fast senkrecht zur Erde. Ser Francesco hat recht, wenn er sagt, daß die schrägstehende Herbstsonne auf diese Bergrücken direkter auftrifft als in der Ebene und sie kräftiger erwärmt.«

Beide schwiegen, vom gleichen Gedanken erfaßt.

Dann sagte Odilia:

»Und der Herbst ist für sie so warm wie der Sommer? Ist es das, was Ihr sagen wollt?«

»Ja. Und er gleicht unseren Lebensläufen, die nach einem kurzen Frühling keinen Sommer kennengelernt haben. Nun ist uns ein Herbst geschenkt, der die Wärme des Sommers in sich trägt.«

Eine Weile liefen sie schweigend auf diesen grasbewachsenen Pfaden dahin, dann sagte Odilia:

»Es ist wahr, Ritter. Die Sonnenstrahlen sind seltener, aber sie treffen direkter ins Herz. Und der von unnützem Geröll freie Boden läßt sie ungehindert hindurch. Es ist wahr. Diese Hänge sind wie unser Leben.«

DAS GEWITTER

Der Ritter hatte sich sogleich an die Arbeit gemacht, um die Zisternen zu bauen und die Bewässerungskanälchen anzulegen. Eines Morgens, als die Nonnen das Tor des Klosters geöffnet hatten und ihren Beschäftigungen im Garten und im Hühnerstall nachgingen, hörten sie vom Gipfel des Hügels die Schläge einer Spitzhacke. Sie hoben den Blick und sahen, wie der Ritter, nur mit Hemd und Hose bekleidet, dort oben mit der Hacke hantierte. Staunend und kichernd liefen sie zur Äbtissin, um ihr die Neuigkeit zu berichten.

Odilia stieg den schmalen Weg durch den Garten bis zu der Stelle hoch, wo der Ritter in diesem Augenblick mit seiner Arbeit innehielt und, obwohl der Morgen noch recht frisch war, sich mit dem linken Ärmel den Schweiß von der Stirn wischte.

»Ich muß auf einen Felsblock gestoßen sein«, sagte er.

Die Äbtissin sah ihn lächelnd an:

»Vielleicht braucht Ihr Hilfe, Ritter. Ich werde den blonden Gerardo holen lassen, wenn Ihr wollt.«

»Wozu brauchen wir den blonden Gerardo? Wenn der Stein zu groß ist und ich ihn nicht heben kann, baue ich die Zisterne um den Stein herum.«

»Ich möchte nicht, daß Ihr Euch übermäßig angestrengt. Dies ist eine schwere Arbeit, und Ihr seid nicht daran gewöhnt.« Dabei dachte sie an die schönen Hände des Ritters, an den weichen Handteller, der sich mit Blasen überziehen würde. Sie dachte an die Arme, die anderes gewohnt waren, als Spitzhacken zu schwingen, an die langen Beine, die dazu gemacht waren, Rassehengste zu reiten, an den schlanken Körper, der sich vor lauter Anstrengung bog, um den Stein aus dem von der Spitzhacke aufgerissenen Loch zu heben.

Als er die Äbtissin reglos und schweigend dastehen sah, unterbrach der Ritter seine Arbeit, um ihr einige Erklärungen zu geben:

»Diese Steine, die ich hier ausgrabe, werde ich für den Boden und die Wände der Zisterne verwenden und sie mit Kalkmörtel verbinden. Woher bekommt man Kalkmörtel?«

»Wir werden Ser Francesco darum bitten. In seinen Weinbergen habe ich einmal Zisternen gesehen, die so gebaut waren, wie Ihr sagt. Er wird gewiß nicht mit Ratschlägen geizen.«

»Gut, wir werden ihn um den Mörtel bitten«, sagte der Ritter mit entschlossener Miene.

Die Äbtissin erwiderte nichts darauf. Ihr war klar geworden, daß der Ritter diese Arbeit allein ausführen wollte, mit seinen eigenen Händen. Und wenn er so entschieden hatte, war nichts zu machen. Sie setzte sich auf einen Stein in der Nähe und sah dem Mann zu, der wieder mit der Spitzhacke auf den Boden einschlug, nicht immer sachgemäß, aber mit großer Entschlossenheit. Es schien fast, als teile er Hiebe und Schläge mit einem Säbel aus. Odilia stellte sich ihn mit einem Schwert in der Hand vor.

»Habt Ihr in der Schlacht viele Menschen getötet, Ritter?«

Er sah sie lange schweigend an, die Hacke in der Luft haltend. Dann schlug er wieder auf das Erdreich ein, ohne jedoch ihre Frage vergessen zu haben. Auf einmal warf er das Werkzeug zur Seite und setzte sich auf einen anderen Felsbrocken neben dem ihren.

»Seht, Odilia, eine Schlacht ist etwas Merkwürdiges. In der Schlacht ist der Mensch kein Mensch mehr. Wenn er Mensch bleibt, wird er getötet. Beim Angriff ist es so, als raube ihm irgendein Wahnsinn den Verstand. Man denkt nicht mehr, man überlegt nicht mehr. Wie viele Menschen ich getötet habe? Wer weiß das schon? Man rückt vor, so schnell man kann, um unter dem Pfeilhagel der Bogenschützen hindurchzukommen, und wenn man in Reichweite der Schwertträger angelangt ist, schlägt man wie wild um sich und achtet nur noch auf die Farbe der Waffen, um nicht aus Versehen einen Kameraden zu erschlagen. Käme einer zum Nachdenken, so könnte er nicht kämpfen und ergäbe sich.« Er hielt inne, starrte mit gesenktem Kopf zu Boden und fügte dann hinzu:

»Vielleicht denkt einer erst nach, wenn er tödlich verletzt ist und fällt. Ich bin einmal einem sterbenden Freund zu Hilfe geeilt, habe ihn vom Schlachtfeld weggezogen und war erstaunt, als ich ihn von geliebten Menschen sprechen hörte, von denen, die er zurücklassen mußte. Er war verzweifelt darüber, daß er sterben mußte. Und seine letzten Worte lauteten: »Versuch, dem Tod zu entgehen, rette dich, fliehe, solange dir noch Zeit bleibt.«

Der Ritter schwieg, und Odilia schloß sich, gedankenversunken, seinem Schweigen an.

Sie hatten nicht bemerkt, daß sich der Himmel inzwischen mit Wolken überzogen hatte. Zuerst waren sie ganz zart und durchsichtig gewesen, wie ein Schleier vor der Sonne, dann folgten rasch immer dichtere, drohendere Wolken, während ein plötzlich aufkommender kalter Wind über die Hügel fegte und das bereits hohe Gras wie Wellen auf hoher See peitschte. Dicke Tropfen fielen auf ihre gesenkten Häupter, auf die im Schoß verschränkten Hände, auf die Kleider. Sie sprangen auf, und ohne ein Wort zu sagen, faßte der Ritter Odilia bei der Hand und lief mit ihr schnell den Pfad hinunter, der zum Kloster führte.

Aber mit einem Mal wurde der Regen zum Wolkenbruch, zu einer Wasserwand, die ihnen die Sicht und den Atem nahm und, vom Wind gepeitscht, ihnen die Tropfen ins Gesicht schleuderte. Blitze zuckten vom Himmel herab, und im Wald und über dem Hügel grollte der Donner.

Odilia sah nichts mehr, verstand nichts mehr; sie spürte, wie der Ritter sie hoch in die Arme hob und losrannte, hörte eine Tür schlagen und befand sich plötzlich mit ihm in der Hütte des Gärtners.

Solange der Wolkenbruch dauerte, waren die beiden durch die dicke Holztür vom Rest der Welt abgeschnitten.

Als das Gewitter aufgehört hatte und der Ritter die in ihren Mantel gehüllte Äbtissin einige Stunden später zum Klostertor begleitete, kam ihnen Buccia mit vielen Decken entgegen, die sie am Kamin angewärmt hatte. Fürsorglich legte sie allen beiden eine um, damit ihnen Regen und Kälte nichts anhaben konnten.

Doch es regnete tagelang weiter, und da die Gärtnerhütte undichte Stellen hatte, mußte der Ritter in eine der drei oder vier Zellen des Klosters umziehen, die immer leer standen. Man hätte meinen können, die Sintflut sei hereingebrochen. Es blitzte und donnerte zwar nicht mehr, und auch der Wind hatte sich gelegt, aber der Regen prasselte weiter erbarmungslos auf die jungen Frühlingsgewächse hernieder, riß Blumen und

Blätter von den Stengeln und entwurzelte mitunter sogar ganze Pflanzen.

Und der immer gleiche, bleigraue Himmel schien kein Ende der Flut zu verheißen.

Traurig blickten Odilia und der Ritter zum Hügel hoch, wo er begonnen hatte, die Zisterne zu graben, um das überschüssige Wasser zu sammeln; sie sahen, wie das rötliche Erdreich in Sturzbächen nach unten brach, wie Steine abrutschten und ganze Grasbüschel mit sich rissen. Und sie mußten mit ansehen, wie das eben erst begonnene Werk in sich zusammenfiel und vom Wasser fortgeschwemmt wurde.

»Nun muß man wieder von vorne anfangen«, sagte Odilia.

»Vielleicht«, fügte der Ritter hinzu, »sollten wir doch den blonden Gerardo um Hilfe bitten. Zu zweit geht die Arbeit schneller voran.«

Mittlerweile hatte sich das Wasser am Fuße des Hügels gesammelt und den Gemüsegarten überflutet: die erst vor kurzem gesetzten Salatpflanzen sah man, ausgerissen aus ihren Beeten, trübselig im Schlamm treiben, die Blumen ließen ihre vom Wasser schweren Blütenkronen hängen. Musone, der Hund, hatte sich am Eingang des Gartens niedergekauert, um unnützerweise Wache zu halten. Es kam sowieso niemand.

Nur der Gärtner kam eines Morgens, den Kopf mit einem leeren Sack geschützt, der bis über die Schultern herabfiel. Er brachte seinen Spaten mit und grub einen Abfluß für das Wasser, um zu retten, was noch zu retten war.

Sobald der Regen etwas nachließe, so vereinbarten Odilia und der Ritter, sollte jemand zu Ser Francescos Haus geschickt werden und um Hilfe bitten, damit all das, was zerstört worden war oder einzustürzen drohte, wieder instand gesetzt würde: die Hütte des Gärtners, das Hühnerhaus – die Hühner waren in eine Ecke des Stalls umgesiedelt worden, wo man einen provisorischen Verschlag gezimmert hatte – und der Schweinekoben, in dem man Kanäle hatte graben müssen, damit das Wasser, das sich dort staute, ablaufen konnte.

Buccia hörte gar nicht mehr auf, Gebete zu murmeln. Und jedesmal, wenn sie jemanden in Hörweite glaubte, sagte sie mit klagendem Tonfall:

»Es ist die Sintflut, es ist die große Sintflut, die Gott geschickt hat, um uns mit unseren Sünden darin zu ertränken.«

»Mit welchen Sünden?« fragte Odilia einmal, als sie an Buccia vorbeiging.

Buccia verschlug es die Sprache. Weil jeder behauptete, die Welt und die Menschen seien voll von Sünden, hatte sie zwar eine verworrene Vorstellung, hätte aber nicht zu sagen vermocht, welche Sünden sie damit meinte. Sie starrte die Äbtissin an, zuckte mit den Schultern und wußte nicht, was sie darauf antworten sollte.

DIE ÜBERSCHWEMMUNG

Im erzwungenen Müßiggang eines dieser Regentage bat der Ritter die Äbtissin, ihm jenen Wandteppich zu zeigen, den er am Tag seiner Ankunft im Kloster gesehen hatte. Odilia ließ ihn aus der Truhe nehmen, in die er gelegt worden war, und an die Wand des Raumes hängen, wo ihn der Ritter erblickt hatte.

»Warum haltet Ihr ihn verborgen?« fragte der Ritter. »Seine Seide erfüllt diese düsteren Tage mit Licht, und die gestickten Blumen entschädigen das Auge für jene, die uns der Regen raubt.«

»Ihr habt recht«, entgegnete die Äbtissin. »Von heute an soll er hier hängen bleiben, damit sich alle, die zu uns kommen, an ihm erfreuen können. Ich hatte ihn wieder weglegen lassen, weil er mir jetzt, wo Ihr da seid, nicht mehr nötig zu sein schien.«

»Was meint Ihr damit, Signora?« fragte der Ritter, der so tat, als verstehe er nicht.

Odilia setzte sich zurecht wie jemand, der sich anschickt, eine lange und schwierige Rede zu halten.

»Seht«, sagte sie, »entworfen hatte ich diesen Teppich anfangs nur so zum Zeitvertreib, um die vielen leeren Abende auszufüllen. Mit den Blumen, den Bäumen, den Vögelchen im Gras hatte ich begonnen. Das übrige, der eigentliche Mittelpunkt des Teppichs meine ich, stellte sich fast von selbst ein, unversehens, ohne daß ich es geplant hätte. Ich wunderte mich selbst, als ich die Dame mit dem Einhorn skizzierte, nach einer Geschichte, die ich als junges Mädchen einmal gelesen hatte. Ich weiß nicht, ob Ihr mich versteht«, schloß sie und hob den Blick zum Ritter. »Dann fanden meine Schwestern und ich Gefallen daran, jene Figuren mit bunten Seidengarnen auszusticken.«

Der Ritter konnte den Blick nicht von der mittleren Figurengruppe, der Dame mit dem Einhorn, wenden.

»Das ist doch Euer Gesicht«, sagte er, als spreche er mit sich selbst.

»Und das Einhorn hat Eure Augen«, fügte Odilia hinzu. »Auch dessen war ich mir nicht bewußt, als ich daran arbeitete. Hatte ich mich selbst in der Insel der Einsamkeit darstellen wollen? Nein, das war mir gar nicht in den Sinn gekommen. Noch wollte ich Euch in dem Fabeltier abbilden. Dennoch habe ich unser beider Leben dargestellt. Das wurde mir klar, als ich den Teppich beendet hatte. Ich verglich meine Haare mit denen der Dame auf dem Wandteppich: es waren dieselben Haare. Und an Eure Augen erinnerte ich mich gut. An jenem Abend, als ich die letzten Stiche machte, hier ganz allein, nachdem ich meine

Schwestern ins Bett geschickt hatte, begriff ich auch, warum ich diesen Wandteppich entworfen und angefertigt hatte.«

Der Ritter betrachtete nun nicht mehr die Dame auf dem Teppich, sondern blickte Odilia in die Augen.

»Am Morgen darauf seid Ihr gekommen«, sagte Odilia.

»Wer weiß«, sagte eines Tages der Ritter und blickte aus einer Fensternische des Refektoriums auf den Regen, der unentwegt herniederprasselte, »wer weiß, was drunten in der Ebene geschieht? Die Flüsse werden über die Ufer getreten sein, vielleicht hat das Wasser schon die Felder überschwemmt. Ich fürchte, Signora, wenn der Regen aufhört, werden hier schlimme Nachrichten eintreffen.«

Stirnrunzelnd hatte die Äbtissin seinen Worten gelauscht. Sie schwieg lange, gedankenversunken, während Buccia, die gerade den Tisch für das Abendessen deckte, weiter vor sich hin murmelte:

»Der Regen wird erst aufhören, wenn wir alle ertrunken sind. Es ist die große Sintflut, die Strafe für unsere ...« Dann fiel ihr die Frage der Äbtissin wieder ein, und sie schluckte das Wort »Sünden« hinunter. Dennoch wollte sie ihre Klage beenden, und so sagte sie denn: »Wir werden alle sterben, alle sterben.«

Odilia achtete auf ihr Gerede ebensowenig wie auf

das Klappern der Teller, die Buccia über den Tisch verteilte. Auf einmal sagte sie dann:

»Ritter, wenn es eine Überschwemmung gibt, werden wir hier bald Flüchtlinge haben. Leute, die Haus und Ernte verloren haben, werden heraufkommen und uns um Hilfe bitten. Sobald der Regen aufgehört hat und die Wege wieder passierbar sind, werden alle, die sich vor den Wassermassen retten konnten, die Hügel erklimmen, und wir müssen darauf vorbereitet sein, diese armen Leute zu verköstigen.«

Der Ritter blickte sie an, mit jenem Leuchten in den Augen, das manchmal, wie ein Abglanz ferner Jugend, in ihnen aufschien.

»Gewiß, Äbtissin, wir müssen alle Vorräte zusammentragen, viele Brote backen und uns bereithalten.«

»Buccia, Buccia!« rief die Äbtissin. »Wieviel Gerste und Weizen haben wir noch im Getreidespeicher? Wie viele Säcke Kichererbsen?«

»Säcke? Hat die Herrin etwa vergessen, daß wir kurz vor der neuen Ernte stehen? Oder vielmehr standen, weil es dieses Jahr nichts zu ernten geben wird. Wir haben noch einige Reste, das ist alles.«

»Morgen«, sagte die Äbtissin, »sobald es hell wird, steigen wir gemeinsam in den Getreidespeicher hinauf und sammeln alles ein, was dort noch übriggeblieben ist. Nur das Saatgut werden wir behalten. Da man nicht zur Mühle gehen kann, mahlen wir die Gerste und den

Weizen selbst und backen daraus viele Brote. Dann ernten wir alles Gemüse, das sich noch verwenden läßt, und aus den eingelagerten Rüben vom letzten Jahr und einem Teil der Gerste kochen wir Gemüsesuppe für all diejenigen, die hierherkommen und uns darum bitten werden. Wieviel Speckseiten sind noch da?«

»Nur noch zwei, Herrin.«

»Die kochen wir in der Suppe mit, damit sie nahrhafter wird. Bring auch noch alle verbliebenen Würste und Käselaibe herbei. Wenn sie verzehrt sind, werden wir uns an die Hühner und Lämmer halten.«

»Aber Herrin«, fiel ihr Buccia ins Wort, »und nachher?«

Die Äbtissin sah sie mit strenger Miene an und sagte: »An nachher zu denken steht uns nicht zu. Und außerdem wird der Garten bald wieder Gemüse hervorbringen, denn es geht ja auf den Sommer zu.«

Am nächsten Tag duftete das Haus nach köchelnder Suppe. Die Äbtissin selbst schnitt den Speck in kleine Stücke und paßte auf, daß in jeden Suppenkessel die gleiche Menge kam. Die Schwestern, die nicht in der Küche beschäftigt waren, saßen im Refektorium und mahlten das Korn in einer hölzernen Handmühle, deren Griff der Ritter drehte. Das Mehl wurde auf dem Tisch des Refektoriums aufgehäuft, wo es so lange liegenblieb, bis der Ofen geheizt und es zu Teig verarbeitet werden konnte, und hierzu mußte der Regen ein wenig nachlassen.

Gegen Abend unterbrach man die Arbeit, und jeder bekam einen Teller voll Kichererbsen und Gemüse, das köstlich nach Räucherspeck schmeckte.

»Die Gemüsesuppe ist ausgezeichnet«, sagte der Ritter, »die Leute, die hier heraufkommen, werden doppelt belohnt werden.«

»Wenn man morgen«, sagte die Äbtissin, »zum Backofen gehen kann, werde ich für die Kinder einen Kuchen kneten, wie jenen, den wir für Ser Francesco gebacken haben.«

Buccia warf der Äbtissin einen finsteren Blick zu:

»Wir haben nur noch ganz wenig Most, Herrin, nur noch einen Ballon. Ist das nicht Verschwendung?«

»Was ein Kind erfreuen kann, ist niemals verschwendet. Und diese Kinder brauchen, weiß Gott, ein bißchen Freude!« Und mit einer Handbewegung schien sie sich die Müdigkeit von der Stirn wischen zu wollen. Der Ritter, dem diese Geste nicht entgangen war, sagte:

»Ruht Euch ein wenig aus, Signora. Ihr müßt sehr müde sein.«

»Ja, es war ein langer Tag«, entgegnete die Äbtissin und stand auf, »aber riecht Ihr denn nicht, wie es in unserem Haus nach Eßbarem duftet? Es ist ein wahrer Zufluchtsort vor dem Hunger. Ich danke Euch, Schwestern«, und während alle aufstanden und sich verneigten, begab sich Odilia in ihre Zelle.

Aber sie kehrte gleich wieder zurück, trat über die Türschwelle und hielt einen Topf mit Erde in den Händen. Ihr Gesicht strahlte vor Freude wie das eines jungen Mädchens.

»Seht her, seht alle her! Der Jasminsamen ist aufgegangen!« Und dabei zeigte sie den Blumentopf, in dem ein kleiner grüner Trieb aus der Erde keimte. Der Ritter trat heran und lächelte:

»Sobald der Regen aufgehört hat, pflanzen wir ihn neben das Kapellchen der Äbtissin Odilia.«

Sie standen da und schwiegen, und auch die Nonnen sagten kein Wort. In diesem Augenblick hörte man in den Lüften den Schrei einer Schwalbe, wie er nicht mehr zu hören gewesen war, seit es zu regnen begonnen hatte. Alle drängten sich an die Fenster des Refektoriums und sahen, wie sich im Wasser, das den Klosterhof überschwemmt hatte, der Schein des Mondes spiegelte.

»Morgen«, sagte Odilia, »müssen wir vor Sonnenaufgang aufstehen und den Brotteig kneten, denn morgen können wir den Ofen heizen.«

Und tatsächlich trat am nächsten Morgen die Sonne hervor. Der Ofen wurde angeheizt, das Brot gebacken, und die Leute, die unten aus dem Tal geflohen waren, läuteten die Glocke am Klostertor.

SER FRANCESCOS GABEN

Es folgten Tage rastloser Tätigkeit. Alle im Kloster waren so beschäftigt, daß sie weder Zeit zum Nachdenken noch zum Klagen oder zum Müdesein hatten. Aber Odilia fand jeden Morgen die Zeit, um einen großen Kuchen aus mit Most gesüßtem Mehl, Rosinen und Nüssen zu kneten. Sie machte ihn so groß wie möglich, weil sich unter den Flüchtlingen viele Kinder befanden.

Schüchtern und ein wenig verängstigt standen die Kleinen um den riesigen Küchentisch herum, auf dem Odilia den Haufen Mehl mit Milch, Butter und auch einigen Eiern mischte, die sie der allzu sparsamen Buccia abgetrotzt hatte.

»Und so geht denn das ganze Mehl zur Neige«, murmelte die Köchin vor sich hin, während sie in der Küche hin und her lief, Gegenstände zurückstellte, Schränke abschloß und Gerätschaften reinigte. »Mit diesen Kuchen ist das Mehl aufgebraucht«, und damit wollte sie nicht nur sagen, daß es im Kloster kein Mehl mehr gebe, um Brot zu backen, sondern daß diese Kuchen höchst überflüssig seien.

Als sie in den Ofen geschoben wurden, setzten sich alle Kinder vor der Tür des Backofens auf den Boden und warteten in andächtigem Schweigen. Einige der Kleinsten hatten noch nie in ihrem Leben einen Kuchen zu Gesicht bekommen. Und als Odilia mit tatkräftiger Hilfe des Ritters die Ofentür öffnete, drang ein solcher Wohlgeruch aus dem Backofen und verbreitete sich in der Luft, daß selbst der Duft der soeben aufgeblühten Blumen nicht dagegen ankam. Sie stellten den Kuchen auf den Tisch unter der Pergola, und Odilia sah nur noch Hände, die sich ihr entgegenstreckten, und legte in eine jede ein Stück Kuchen.

»Schau, Buccia«, sagte Odilia eines Tages, als sie den bekümmerten Blick der alten Nonne im Rücken spürte, »diese Kinder brauchen nicht nur etwas zu essen, um ihren Hunger zu stillen, sie brauchen auch etwas, das sie die Traurigkeit der vergangenen Tage, die Angst und die Kälte vergessen läßt. Dieses Stück Kuchen ist nicht nur ein Stück süßes Brot, wie für uns, sondern ein kleiner Bissen Glück.«

Die Klingel an der Pforte ertönte, und es erschien Ser Francesco, gefolgt vom blonden Gerardo, der auf jeder Schulter einen vollen Sack trug.

»Ich habe Euch Getreide mitgebracht, weil ich gehört habe, daß Ihr viele Gäste habt, und Eure Vorräte vielleicht aufgebraucht sind.«

Odilia und der Ritter dankten ihm von Herzen. In der Zwischenzeit hatte der blonde Gerardo die beiden Säcke auf dem Tisch unter der Pergola abgesetzt, und

Ser Francesco öffnete den einen, griff mit der Hand hinein und ließ die goldfarbenen Körner durch seine Finger rieseln.

»Damit könnt Ihr noch mehr Kuchen für Eure Gäste backen«, sagte er und deutete auf die Kinder, die sich neugierig um den Tisch drängten. Odilia bot Ser Francesco und seinem Gehilfen von dem noch warmen Kuchen an, aß selbst ein Stück, und auch der Ritter bediente sich. Dann ließ sie für ihre erwachsenen Gäste Wein holen.

»Gerardo, heute nachmittag kommen wir noch einmal her, um Wein zu bringen, erinnere mich daran.«

Odilia dankte ihm, und während sich allerlei Gespräche entspannen, verweilte ihr Blick auf dem anderen, noch nicht geöffneten Sack, um sich dann unvermittelt und fragend den klugen, lächelnden Augen des weißhaarigen Mannes zuzuwenden.

»Der hier«, beantwortete er die stumme Frage und legte eine Hand auf den verschlossenen Sack, »enthält eine Hülsenfrucht, die Ihr noch nicht kennt. Es ist ein kleiner runder, zerquetschter Samenkern, der aus Arabien stammt. Die Genoveser Kaufleute kaufen ihn bereits ein, um die heimische Küche zu bereichern. Ihr kennt ihn bestimmt«, sagte er, zum Ritter gewandt, »denn Ihr werdet ihn dort sicher schon gegessen haben«, und mit diesen Worten löste er die Schnur, die den Sack verschloß, griff hinein und förderte eine Handvoll kleiner dunkler Linsen zutage, die er dann wieder in den Sack rieseln ließ.

Der Ritter lächelte: »Und ob ich sie kenne«, sagte er leise, »während des Kreuzzugs habe ich sie oft gegessen. Die Menschen dort verwenden sie so häufig wie wir Saubohnen oder Kichererbsen. Und sie schmecken vielleicht sogar besser.«

Auch Odilia hatte eine Hand in den Sack gesteckt und genoß es, die unzähligen Samenkörner zu fühlen, die ihr geschwind und launisch durch die Finger rannen. Lange betrachtete sie sie, um dann zu fragen:

»Und wie bereitet man sie zu, diese Linsen? Werden sie auch zermahlen?«

»Nein, Signora. Man weicht sie einige Stunden in Wasser ein, wie wir unsere Kichererbsen, und dann werden sie mit den Gewürzen, die Ihr auch sonst verwendet, mit Knoblauch, Zwiebeln und Rosmarin gegart. Dabei fügt man nur so viel Wasser hinzu, daß sie gerade bedeckt sind, und das sie, immer weiter quellend, schließlich ganz aufnehmen. Unten an der Küste«, und dabei deutete er über die Hügel hinweg nach Süden, »geben sie sogar frische Lorbeerblätter dazu.«

»Man bereitet also eine Suppe daraus?«

»Ja, wie Ihr wollt, und Ihr könnt Dörrfleisch oder Speck hineintun oder was immer Eure Vorratskammer hergibt. Aber das schönste daran ist«, und in Ser Francescos Augen trat ein geheimnisvoller Ausdruck,

»daß eine kleine Handvoll dieser Linsen, so viel, wie Eure Hand fassen kann, einen Menschen täglich satt machen kann, ihn ernähren und in Hungerszeiten am Leben erhalten kann.«

»Ein merkwürdiges Land ist dieser Orient«, sagte leise, wie zu sich selbst, die Äbtissin. »Wir fürchten es so sehr, weil uns gesagt wird, alle unsere Übel stammten aus diesen Ländern, und dann bekommen wir von dort eine Hülsenfrucht, die in diesen harten Jahren den Hunger zu stillen vermag, dazu noch schöne, honigsüße Früchte und Gewürze und anderes Gutes mehr.«

Sie hatte leise gesprochen, aber nicht so leise, daß es dem Ritter und Ser Francesco entgangen wäre. Die beiden sahen einander nachdenklich an, dann sagte der Ritter:

»Wir haben von jenem Landstrich eine verzerrte Vorstellung. Es ist ebensowenig das Land der Barbaren wie das unsere, und es blühen dort viele schöne Künste, die wir erlernen sollten und die wir zum Teil schon erlernen, Musik und Poesie, Philosophie und Architektur. Wenn wir zu Feinden geworden sind, so ist es nicht allein die Schuld der Menschen dort.«

»Das kann nicht verhindern«, fügte Ser Francesco scharfsinnig hinzu, »daß einige ihrer Werke und ihrer Erzeugnisse bis zu uns gelangen, dank der Kaufleute, die das Geld mehr lieben als das Waffengetöse und mit ihren Segelschiffen die Häfen des Orients anlaufen, um

Waren zu erwerben. Und die Gefahren, denen sie auf den Wellen und in jenen Häfen ausgesetzt sind, stehen zuweilen denen der Krieger im Felde nicht nach.«

WASSERBAUARBEITEN

Einige Tage später, als das schöne Wetter endgültig zurückgekehrt war, wurden die Arbeiten an der Zisterne wiederaufgenommen und die vom Regen zerstörten Entwässerungskanäle repariert. Ser Francesco leitete die Bauarbeiten und ließ auf den Grund der Zisterne eine dicke Schicht Steine legen, die mit Mörtel verbunden wurden. Nach demselben System wurden die Wände der Zisterne gemauert, die etwas über den Boden herausragen sollten. Kleine Kanäle, die den gesamten oberen Bereich des Hügels durchzogen, führten das Wasser Richtung Zisterne, in die es durch bestimmte Öffnungen fließen konnte, die durch den Einschub einer Platte zu verschließen waren. Auf die gleiche Weise ließen sich die Abläufe zum Blumengarten und den Gemüsebeeten regulieren, um die Pflanzen in Zeiten der Trockenheit zu bewässern. Auch in der Zisternenwand, die zum Wald hin lag, wurde eine Öffnung gelassen, damit das überschüssige Wasser ablaufen konnte, das ansonsten bei starken Regenfällen den Gemüsegarten überschwemmt hätte.

Staunen erregte jedoch vor allem das Netz aus kleinen Kanälen, die von der Zisterne den Hang entlang nach unten führten und so geschickt angelegt waren, daß das Wasser in einem schmalen Bett aus Steinen stetig und gemächlich nach unten lief. Alle Kanäle ließen sich an verschiedenen Stellen mittels der besagten Schleusen regulieren und verjüngten sich allmählich zur Mulde des Gartens hin.

Es war ein Meisterwerk und sehr schön anzusehen. Ser Francesco hatte den Bauplan auf ein altes, eigens dafür von der Äbtissin abgeschabtes Pergamentstück gezeichnet, während der Ritter aufgrund dessen, was er in jenem arabischen Tal gesehen hatte, allerlei Anregungen beisteuerte. Zur Ausführung bedurfte es vieler Tage und der Hilfe etlicher Bauern. Es mußten genügend Steine gefunden werden, die in die kleinen Kanäle paßten, und hierbei waren die Kinder behilflich. Mit Säcken und kleinen Schaufeln verteilten sie sich zwischen den Bäumen, um Steine zu sammeln. Der Wald hallte von ihrem Lachen und Geschrei wider und bewegte sich, als führen die sonderbarsten Windstöße durch ihn hindurch. Und dauernd tauchten Kinder mit ihrer nützlichen Last aus ihm hervor, die Gesichter rot vor Anstrengung und vom Saft verspeister Erdbeeren.

Als nach der Überschwemmung und der anschließenden Trockenheit die Regenschauer des Frühsommers einsetzten, waren Zisterne und Kanalsystem fertiggestellt und mußten nun ihre erste Probe bestehen. Die Schleusen zum Tal hin wurden geschlossen und jene geöffnet, die die Wassermassen kanalisierten. Alles funktionierte bestens. Nachdem der Regen aufgehört hatte, war die Zisterne fast voll und stellte für mehrere Wochen die Bewässerung des Gartens sicher.

Alle waren zufrieden, und Ser Francesco ganz besonders. Gern verweilte er auf dem Gipfel des Hügels und ließ den Blick nach beiden Seiten, zum Gemüsegarten und zum Wald hin, schweifen.

»Woran denkt Ihr, Ser Francesco?« fragte ihn einmal Odilia, die schon seit einer Weile merkte, daß er in Gedanken versunken war.

»Ich denke, Herrin, daß viel wertvolles Wasser verlorengeht, wenn man bei schweren Regenfällen die Schleuse zum Wald hin wird öffnen müssen. Und bei einer Überschwemmung, wie wir sie erst kürzlich gehabt haben, läuft man Gefahr, ein Rinnsal im Wald zu erzeugen oder sogar einen reißenden Sturzbach, der die Anordnung der Gräser und der Früchte des Waldes verändern, wenn nicht gar das Erdreich auswaschen und mit sich ins Tal nehmen würde. Wasser und Erde, Signora, sind wertvolle Dinge, und man muß verhindern, daß sie vergeudet werden.«

Er sah sie nachdenklich an und fuhr dann fort: »Ich finde, man muß auf dieser Seite irgend etwas unternehmen, damit nicht durch die Verbesserungen an dem einen Hang der andere Schaden nimmt.«

Der Ritter, der bei dem Gespräch zugegen war,

pflichtete ihm schweigend bei. Der blonde Gerardo lächelte verschmitzt. Es trat für einige Minuten Stille ein, während Ser Francesco den Blick von einem Ende des Waldes zum anderen wandern ließ und dabei Maß zu nehmen und Kopfrechnungen durchzuführen schien.

Nach einer Weile sagte die Äbtissin:

»Ihr überlegt gerade, Ser Francesco, wie man einen Weinberg anlegen und bewässern kann, ohne den Wald zu zerstören.«

Der Gutsbesitzer sah sie verblüfft an. Sein Erstaunen verbergend sagte er dann:

»Ja, Signora. Ich überschlage tatsächlich, wie viele Reihen großer Pflanzen man von dieser Linie«, und er zeigte mit dem Fuß auf die Scheitellinie des Hügels, »bis zum Saum des Waldes anlegen könnte, wobei man lediglich den äußersten Rand opfern müßte, wo, wie Ihr ja seht, nur Gestrüpp wächst: alles geschähe, ohne auch nur eine der alten Eichen anzutasten. Vielleicht zehn Reihen, über die ganze Breite des gesamten Hangs. Ein schöner Weinberg.«

Und da die Äbtissin schwieg und dabei ebenfalls den Blick über den Gipfel des Hügels gleiten ließ, setzte Ser Francesco seine Ausführungen fort:

»Der Weinberg würde hier, wo wir jetzt stehen, beginnen und den gesamten oberen Teil des Hügels einnehmen und zum Wald hin abfallen: er hätte eine westliche und sehr steile Hanglage. Auf dieser Seite jedoch«, dabei drehte er sich um und deutete in Richtung Blumen- und Nutzgarten, »könnt Ihr Obstbäume pflanzen. Die Hanglage begünstigt das Reifen der Früchte. Ihr werdet somit einen Weinberg und einen Obstgarten haben, ohne den Wald abholzen zu müssen, ja, er wird sich durch die gleichmäßige Bewässerung sogar noch besser entfalten können.«

Am nächsten Tag begannen die Arbeiten für das neue Anbaugebiet und dessen Bewässerung.

Der eifrigste bei dieser Arbeit war der blonde Gerardo. Er kam immer schon am frühen Morgen, wenn die Tore des Klosters noch geschlossen und die Nonnen mit häuslichen Verrichtungen beschäftigt waren. Von der Waldseite her kam er geritten, ohne jemanden zu stören. Auf Pfaden, die allein er kannte, stieg er zum Gipfel des Hügels empor und machte sich an die Arbeit. Nur Musone bemerkte die Ankunft des jungen Mannes, und, was für einen so verschlafenen Hund erstaunlich war, er lief ihm schwanzwedelnd entgegen, leckte ihm die Hände und legte sich dann auf einen Stein in seiner Nähe, den die ersten Sonnenstrahlen schon erwärmt hatten, noch einmal schlafen. Um dann pünktlich wieder aufzuwachen, wenn Buccia das Tor des Klosters öffnete und die Hühner, die Turteltauben, die Amseln und auch ihn fütterte. Da rannte er Hals über Kopf nach unten zu seinem Frühstück. Und der Mann dort oben arbeitete still für sich weiter.

Ab und zu hob Buccia den Blick und schüttelte den Kopf:

»So ein Weinberg hat uns gerade noch gefehlt«, dachte sie, »ein Weinberg in einem Nonnenkloster!« Und dann alle diese Männer, die im Gemüse- und Blumengarten herumliefen und danach im Refektorium mit den Nonnen aßen ... Was man von uns denken wird! Zumindest ruhiger hatte man es bei der alten Äbtissin gehabt. Damals war nie etwas Aufregendes passiert.

Odilia und der Ritter blieben oft stehen, um dem Mann zuzuschauen, der schweigend und unermüdlich die Kanäle aushob, die Standorte für die Rebstöcke vorbereitete, scharfe, exakt gezogene Furchen. Manchmal kam auch Ser Francesco die Waldpfade hochgeritten. Oben hielt er an, gab Ratschläge, maß aus und besprach mit dem blonden Gerardo, wie es weitergehen sollte.

Wenn sich die Tür des Refektoriums öffnete, stiegen Odilia und der Ritter den Hügel hoch, um den jungen Mann zum Essen zu bitten und auch Ser Francesco, falls er gerade da war. Bei schönem Wetter deckte Odilia persönlich den Tisch unter der Pergola, die nun, mitten im Sommer, in voller Blüte stand und herrlich duftete. Und zu viert aßen sie dort die Klostersuppe, die Buccia aus den üblichen Gemüsen des Gartens zubereitet hatte. Aber ihre Suppen – wer weiß , warum – schmeckten auf einmal gar nicht mehr so fade, sondern richtig gut. Das mochte am Duft des Geißblatts liegen oder an der angenehmen Tischgesellschaft oder vielleicht auch daran, daß Odilia es sich zur Gewohnheit gemacht hatte, in der Küche nach dem Rechten zu sehen und die eine oder andere Zutat in den Kochtopf zu geben, und sei es auch nur eine Handvoll Basilikumblätter, etwas Lauch oder ein Stückchen Rauchfleisch. All das tat sie keineswegs, um Buccia ihre Aufgabe wegzunehmen, die darin bestand, für das Kloster zu kochen, und noch viel weniger, um sich mit Hausarbeiten zu beschäftigen, die sich für eine Äbtissin nicht schickten. Sondern sie tat es mit derselben unbekümmerten Anmut und Selbstverständlichkeit, mit der sie im Garten Blumen schnitt, die Rosenstöcke stutzte oder dem Ritter die Werkzeuge reichte, als er die Hütte des Gärtners ausbesserte, in der er schlief. Mit derselben Anmut, mit der sie an ihrem Wandteppich gestickt hatte oder mit der sie das Haushaltsbuch des Klosters führte oder niederschrieb, was sich im Konvent und in seiner Umgebung zutrug, damit auch dieses kleine Haus eines Tages seine Annalen habe.

Als die heiße Jahreszeit anbrach und die Flüchtlinge in die Ebene zurückgekehrt waren, um ihre von der Überschwemmung beschädigten Häuser wiederherzurichten, zogen im Kloster wieder Ruhe und Stille ein. Sogar für Gespräche fand man nun wieder Zeit.

An einem jener Tage, an denen sie unter der Pergola gegessen hatten und Ser Francesco noch ein wenig bei Odilia und dem Ritter verweilte, fragte sie ihn:

»Wer ist eigentlich der blonde Gerardo in Wirklichkeit?«

Während der Mahlzeit hatte sie bemerkt, daß der

junge Mann beim Essen ganz aufrecht saß, ohne den Kopf über den Teller zu beugen, wie es die Bauern taten. Desgleichen war ihr aufgefallen, daß seine Hände, obzwar angegriffen von der Arbeit, die er gerade verrichtete, wohlgeformt, lang und stark waren. Auch sein Gesicht mit der hohen Stirn und den dunklen, unerschrockenen Augen hatte etwas Edles. Insbesondere aber gab ihr zu denken, und das nicht erst seit heute, daß der blonde Gerardo überhaupt nicht blond war. Folglich konnte dies nicht sein richtiger Name sein.

Ser Francesco antwortete nicht sofort. Er schien zu überlegen. Endlich hatte er sich offenbar entschlossen und sagte:

»Es ist eine lange Geschichte und schwer zu erzählen. Vor allem weiß ich nicht, ob ich sie erzählen soll, erzählen darf. Der junge Mann lebt unter meinem Schutz, und er ist kein Bauer. Er ist ein Ritter. Wenn er diese niederen Tätigkeiten verrichtet, so deshalb, weil er sie verrichten will. Ich habe ihn gewiß nicht darum gebeten, und ich habe ihn nie als einen Diener betrachtet. Er könnte sich für die erwiesene Gastfreundschaft revanchieren, indem er die Rechnungsbücher des Guts führen und mich auf die Jagd begleiten würde, was er nie zu tun versäumt.« Er hielt inne und trank einen Schluck Wein.

»Aber er möchte Bauer sein, leben wie ein Bauer. Ich glaube, er will damit eine Schuld begleichen ... Aber damit Ihr dies alles versteht, muß ich Euch seine Geschichte erzählen.« Er seufzte und fuhr fort:

»Blonder Gerardo ist, wie Ihr bereits gemerkt haben werdet, nicht sein richtiger Name. Derjenige, den Ihr unter diesem Namen kennt und der dort oben den Weinberg anlegt«, dabei deutete er lächelnd zum Gipfel des Hügels, »ist der nachgeborene Sohn einer adeligen Familie in der Ebene von Vercelli, der von seinen Eltern zum Mönch bestimmt worden war, damit der Erstgeborene den gesamten Familienbesitz erben konnte. Er erhielt eine hervorragende Ausbildung, er liest und schreibt tadellos Latein und Französisch und verfügt über gute Kenntnisse in Philosophie, Musik und Kunst. Um nicht ins Kloster eintreten zu müssen, ist er aus seinem Elternhaus geflohen.«

Ser Francesco versank in Gedanken, dann sagte er: »Und was bot ihm das Leben sonst? Kreuzfahrer oder Strauchdieb zu werden. So hatte er den Weg in den Forst eingeschlagen und auf jenen einsamen Pfaden einen Gefährten und Leidensgenossen gefunden, der mit ihm einige Jahre lang Gefahren und Hunger teilte. Gemeinsam hatten sie auch«, fuhr Ser Francesco fort, »im Dienste fremder Herren in Schwaben und Bayern gestanden. Mit jeder Schurkerei war ihre Verbindung enger geworden, erprobt in allerlei Widerwärtigkeiten, beim Erstürmen von Burgen, bei Überfällen auf Handelskarawanen, mit so manch einer langen nächtlichen

Flucht und in der trostlosen Einsamkeit des Geächteten, so lange, bis beim letzten Überfall der Gefährte getötet wurde.«

»Jener, der starb«, schloß Ser Francesco seine Erzählung, »hieß der blonde Gerardo. Ich glaube, der abergläubische Freund nahm diesen Namen mit der Absicht an, den Toten zu erlösen, indem er selbst fortan nach Recht und Gesetz lebte. Er hat sein Selbst, den eigenen Namen ausgelöscht, damit sein toter Freund lebe, und wenn er Bauer sein will, so deshalb, weil er meint, daß dies der Beruf sei, den sie beide hätten ergreifen sollen, da sie keine anderen Mittel hatten. Aber unsere Gesellschaft hätte das weder verstanden noch gelten lassen.«

Er blickte hinauf zu dem jungen Mann, der auf dem Gipfel des Hügels Rebstöcke setzte, und fügte hinzu: »Seinen eigentlichen Namen werden wir nie erfahren.«

Alle schwiegen, betroffen und aufgewühlt von der ungewöhnlichen Geschichte des blonden Gerardo.

»Vielleicht gab es eine Abmachung zwischen den beiden, wonach derjenige, der überleben würde, dafür sorgen sollte, daß die Seele des anderen erlöst werde. Vielleicht hatten sie sich in der Einsamkeit ihres trostlosen Lebens eingeredet, daß so etwas möglich sei.«

»Und Ihr meint, das ist nicht möglich?« fragte Odilia unvermittelt, die schweigend zugehört hatte.

»Ich bin kein Theologe«, sagte Ser Francesco, »aber das würde ja bedeuten, daß sich die Lebenden in die Taten der Toten einmischen, in einem gewissen Sinne deren Rechnungen begleichen und sie vor dem Verderben retten können.«

»Dergleichen Behauptungen habe ich zuweilen von orientalischen Philosophen gehört«, schaltete sich der Ritter ein. »Aber all das scheint mir sehr obskur. Das hieße doch, daß es zwischen den Werken der Lebenden und denen der Toten eine Verbindung, einen Austausch geben kann, daß ihr Buch nicht endgültig geschlossen ist.«

»Und somit auch ihr Leben nicht«, sagte Odilia. »Wenn die Lebenden sich in die Taten der Verstorbenen einmischen können, sind diese nicht ganz tot. Irgend etwas von ihnen lebt weiter...«

Ser Francesco sah seine Freunde lächelnd an und sagte:

»Ihr wißt, daß unsere Gespräche sehr ernst zu werden beginnen, zu ernst. Das sind Dinge für die Philosophen, oder besser noch, für die Theologen. Und meiner Meinung nach gleiten wir in die Häresie ab. Trinken wir noch ein Glas von diesem Wein auf das Wohl des blonden Gerardo, und dann laßt uns Abschied nehmen.«

»Allerdings«, wollte Odilia doch noch hinzufügen, »hindert uns niemand daran, so zu handeln, als ob dies wahr sein könnte. So wie es der junge Mann dort oben tut, dessen Namen, wie Ihr gesagt habt, kein Mensch je erfahren wird.«

SOMMERNACHT

Das Kloster lag bereits im Dunkel der Nacht, und Odilia saß in ihrer Zelle vor dem Wandteppich, den sie hierher hatte bringen lassen, als im großen Saal die vor der Überschwemmung geflohenen Bauern untergebracht worden waren. Sie saß auf einem niedrigen Sessel, den rechten Ellenbogen auf eine Armlehne und das Kinn in die Hand gestützt.

Sie betrachtete den Wandteppich und dachte an die Zeit seiner Entstehung zurück, an die Tage des ersten Entwurfs der Blumen und Bäume bis zu jenem Abend, an dem sie allein für sich mit den letzten Seidenfäden das Gesicht der Dame beendet hatte.

Ihr schien, als sei ihr die Bedeutung eines jeden Zeichens, einer jeden Farbe erst hinterher aufgegangen. Und die Bedeutung der gesamten Komposition erst am Schluß, an jenem Morgen, an dem sie in den Augen des Pilgers die des Ritters wiedererkannt hatte. Die Augen des Einhorns. Aber sie, was hatte sie in dem Wandteppich dargestellt? Ihr eigenes Schicksal? Ihr Verlangen? Zweifellos hatte ihr etwas die Hand geführt, etwas, das aus einem verborgenen Winkel, aus einem Bereich jenseits ihres Bewußtseins kam.

Es war nicht das Schicksal. Vielleicht das Warten. Der Wunsch, daß irgend etwas geschehe und die Insel der Einsamkeit erreiche, eine Brücke zwischen ihr und dem Leben schlage.

Nun wußte sie, was ihr unverwandter Blick in die Augen des Einhorns bedeutete. Er hatte ihn herbeigerufen.

Plötzlich fiel ihr das Jasminpflänzchen ein, das in seinem Blumentopf gesprossen war und das sie wegen der vielen Arbeit der letzten Tage völlig vernachlässigt hatte. Sie lief zum Fenster, nahm den Topf und sah, daß es ein ganzes Stück gewachsen war, aufgereckt auf seinem mit winzigen Blättchen besetzten grünen Stengel.

Sie schaute aus dem Fenster: der Mond beleuchtete die Stille der Nacht. Alle schliefen, auch der Ritter vielleicht, dort drüben in der Hütte des Gärtners. Odilia hüllte sich in ihren Mantel und stieg leise die Treppe hinab. Sie ließ die Tür angelehnt, die zum Gemüsegarten führte, und begab sich zum Grab der alten Äbtissin, den Blumentopf mit dem Jasmin an ihren Busen gedrückt. Als sie den Garten durchquerte, zog sie eine kleine Schaufel zwischen den Gerätschaften hervor und lief die Anhöhe hinauf. Der Mond beschien ihre zarte Gestalt oben auf dem Hügel.

An der Stelle, die der Ritter angegeben hatte, grub sie ein kleines Loch, setzte das Pflänzchen mitsamt der Erde aus dem Blumentopf hinein und strich das Erdreich mit den Händen glatt. Sie richtete sich wieder auf und betrachtete es mit wohlgefälligem Lächeln. In diesem Moment spürte sie, wie sich ein Arm um ihre Schultern legte und sah neben sich den Ritter stehen.

»Wolltet Ihr den Jasmin wirklich alleine einpflanzen, Odilia?«

Sie lächelte nur, ohne zu antworten, und suchte im Dunkel seine Augen. Und die Sommernacht schloß die beiden in ihr Geheimnis ein.

DIE KIRSCHEN

Die Idee kam vom Ritter. Sie waren schnell reif geworden, alle auf einmal, die Kirschen der drei Bäume im Garten. Die jüngeren Nonnen hatten soviel gepflückt, wie sie nur konnten, und waren an den unteren, widerstandsfähigeren Ästen hochgeklettert. Wie die Hühner aufgereiht saßen sie dort oben in ihren weißen Kleidern und vergnügten sich. Man sah Kirschen von Ast zu Ast fliegen und hörte immer wieder Gelächter erschallen. Große Körbe waren bereits gefüllt worden. Viele Kirschen hatte man zum Trocknen in die Sonne gelegt. Die schönsten waren den Herrschaften in der Nachbarschaft geschenkt worden, die sich mit Körben voller Kirschen, wenn auch anderer Sorten, revanchiert hatten. Auch ihre Früchte waren zur selben Zeit reif geworden.

Buccia hatte Kompott eingekocht, Torten gebacken und pikante Saucen für Fleischgerichte bereitet. Irgendwann hatte sie dann verkündet, sie wolle keine einzige Kirsche mehr im Haus sehen.

Aber die Kirschen reiften weiter. Morgens spitzten zwischen den Blättern ihre roten Köpfe hervor, die in der Nacht, durchdrungen von den Sonnenstrahlen des Vortags, gereift und voller Saft und wegen des vielen

Regens und der anschließenden Hitze so überreichlich vorhanden waren. Noch nie hatte man so viele gesehen, weder so große noch so schöne.

Der Ritter hatte die Idee, alle Kinder der Gegend einzuladen und ihnen die Kirschbäume mitsamt den Früchten zu überlassen. Odilia ließ viele süße Brötchen backen, klein und rund, damit für alle genügend da waren. Und es wurde ein Fest daraus.

Die Kinder, die der blonde Gerardo aus allen Häusern herbeigerufen hatte, kamen am Pfingstnachmittag. Schüchtern standen sie am Eingang des Gartens und blickten neugierig um sich, dann traten sie, von den Nonnen aufgefordert, leise und gesittet ein, nahmen ein Brötchen aus dem schönen Binsenkorb, der auf dem Tisch unter der Pergola stand, näherten sich den Kirschbäumen, blickten hoch und waren im nächsten Augenblick zwischen dem Laubwerk verschwunden. Sie durften sich nach Herzenslust an den Kirschen gütlich tun und das, was sie nicht mehr essen konnten, mit nach Hause nehmen.

Schweigend kletterten sie bis zu den höchsten Ästen empor, gewandt und sicher wie Katzen. Sie suchten sich die vollsten Zweige und die schönsten Kirschen aus wie wahre Kenner, sie stopften sich voll und füllten ihre Taschen. Das, was sie bisher immer heimlich auf verbotenen Bäumen getan hatten, vollführten sie nun ganz gewissenhaft am hellichten Tag.

Zunächst regten sich die Blätter der Kirschbäume lautlos, bewegt von kleinen, flinken Händen. Dann, als sie satt waren, fiel den Kindern ein, daß sie eingeladen waren und sich weder verbergen noch still verhalten mußten.

So sah man denn rotverschmierte Gesichter zwischen den Zweigen hervorgucken und zu den anderen Bäumen hinüberrufen. Es entspannen sich Gespräche in einer geheimnisvollen Sprache, welche die Erwachsenen, die Nonnen und die anderen, nicht verstanden. Plötzliches Gelächter wurde laut, das von einem Baum zum nächsten hinüberscholl. Dann sah man Kinder, die rittlings auf den Ästen hockten, ganz bequem wie auf weichen Sesseln. Sie aßen die süßen Brötchen und unterhielten sich, stets in jener fremdartigen Sprache, die aus der Vermählung zwischen Hunger und Spiel hervorging. Sie zogen Rohrflöten hervor und andere Instrumente, die sie selbst zusammengebastelt hatten, und begannen einfach drauflos zu spielen, ohne sich vorher abzustimmen. Wer kein Instrument besaß, sang aus voller Kehle irgendein Lied, jeder ein anderes.

Die Amseln, die im Blumengarten der Nonnen nisteten und sich mehr oder minder unbefugt das Hühnerfutter teilten, schwiegen eine Weile völlig verblüfft. Dann paßten sie sich der neuen Melodie an und stimmten, erst scheu, eine nach der anderen, dann alle zusammen in den Gesang mit ein. Alle, bis auf einen, ein großes pechschwarzes Amselmännchen in der Blüte seiner Jahre, der an unglücklicher Liebe zu einer Henne erkrankt war.

Er hatte sich in sie verliebt, als er ihr eines Morgens einen schmackhaften Bissen streitig machte, der ganz unten in der Schüssel lag. Wie jedermann weiß, suchen sich Amseln gewöhnlich ihr Futter selbst, Insekten, Larven oder Regenwürmer. Dennoch verschmähen sie Brotkrumen oder Suppe oder andere menschliche Speisen keineswegs. Und die Amseln im Garten der Nonnen hatten sich an das Hühnerfutter gewöhnt, weil es natürlich leichter zu haben war und niemand sie je verscheucht hatte. Und vielleicht auch deshalb, weil es schließlich nicht schlechter als Regenwürmer war.

Gewiß waren die Amseln von dem Gegackere der Hühner zu diesem Futter gelockt worden, von der Begeisterung, mit der diese die Essensreste aufpickten, die Buccia ihnen großherzigerweise zudachte, und wie sich die hellgefiederten Geschöpfe gegenseitig hackten, vom Lärm und den Spielen, die ihre Mahlzeit begleiteten. So hatten die Amseln nach und nach die Gewohnheit angenommen, sich mit den Hühnern zu vereinen, um ihre Jagd nach Insekten, die manchmal mühsam und ergebnislos verlief, mit ein paar leicht zu ergatternden Leckerbissen zu beschließen.

Der Frühling hatte gerade begonnen, als das besagte Amselmännchen beim Picken des Hühnerfutters unversehens ein großes, in Fett getunktes Stück Brotrinde in den Schnabel bekam, das so dick und schmackhaft war, daß der Vogel vor lauter Behagen die Augen schloß, um die Köstlichkeit noch besser genießen zu können, so wie es manchmal auch wir Menschen im Augenblick des höchsten Genusses tun. Daher merkte der gute Vogel nicht, daß am anderen Ende ebendieser Rinde eine junge Henne mit strohgelbem Gefieder herumpickte. Sie jedoch hielt die Augen offen.

Und so sah sie, daß sich das entgeisterte Amselmännchen ausgerechnet an ihrer Rinde gütlich tat, was ihr, die zum Mahle berechtigt – und nicht, wie er, bloß geduldet – und dazu noch aufgrund ihres Umfangs und Gewichts ihm weit überlegen war, gar nicht behagte. Und nachdem die Henne mit ihren roten Augen den genüßlich pickenden Rivalen ein Weilchen betrachtet hatte, ließ sie von der Rinde ab und verpaßte ihm einen kräftigen Schnabelhieb zwischen die Augen. Die riß nun der Amselhahn auf und starrte dümmlich in die der Henne. Das war für sie der richtige Moment, ihm einen zweiten Hieb, diesmal mitten auf den Kopf und noch schmerzhafter, zu versetzen.

So wie die Dichter zu sagen pflegen, daß durchs Auge der Pfeil der Liebe bis ins Herz trifft, so erging es dem unerfahrenen Amselmännchen. Und wie ein Mann um so mehr liebt, je schlimmer er von der Geliebten gedemütigt und mißhandelt wird, so drang beim zweiten

Schnabelhieb der Pfeil der Liebe noch tiefer in sein Herz und blieb dort stecken, wobei er alle anderen Gefühle und Lüste vertrieb, die nicht der Betrachtung der strohblonden Henne und der täglichen Schnabelhiebe galten, die sie ihm verabreichte. Wie es Verliebte zu tun pflegen, hielt sich auch das Amselmännchen von seinen Artgenossen fern, nahm weder an ihren Insektenjagden noch an ihren Gesängen teil und flog nicht mehr von einem Gebüsch zum andern. Die schwarzbraun gefiederten Amselweibchen meidend, suchte er stets nach jenen strohblonden Geschöpfen, von denen er immer schmählich vertrieben wurde.

Es war daher kein Wunder, daß sich der verliebte Amselmann nicht am Gesang der Kameraden und an dem Fest der Kinder in den Kirschbäumen beteiligte. Die Liebe sucht Stille und Verborgenheit, vor allem, wenn sie kompliziert und ungewöhnlich ist und, wie wir annehmen dürfen, unglücklich.

DER FLAGELLANT

Inmitten dieses fröhlichen Treibens läutete jemand unerwartet die Glocke am Tor des Klosters; oder zumindest behauptete jemand, sie geläutet zu haben. In Wirklichkeit hatte niemand sie gehört.

Derjenige, der später behauptete, die Glocke geläutet zu haben, öffnete die hölzerne Eingangspforte und blieb in der Maueröffnung stehen. Er war hochgewachsen, mager, zerlumpt und häßlich: das Gesicht von der Sonne gegerbt, die Augen von einer geheimnisvollen Entzündung gerötet, der große Mund weit geöffnet, als wollte er gleich losschreien.

Und tatsächlich schrie der Mann so unvermittelt und laut los, daß alle zusammenzuckten.

»Ruchlose!«

Selbst die Amseln verstummten. Die Kinder verschwanden zwischen den Zweigen. Alle waren wie vom Donner gerührt, hielten in der Bewegung inne, die sie gerade vollführten: Buccia mit einem zweiten Korb voll süßer Brötchen in den Händen, Odilia mit der Weinkaraffe, die sie geneigt hielt, um Ser Francesco einzugießen, der Ritter und der blonde Gerardo mit Gläsern in den Händen. Die jungen Nonnen verschwanden lautlos im Innern des Klosters. Man sah sie zwischen den halbgeschlossenen Fensterläden hervorlugen, wie die Kinder zwischen den Blättern der Kirschbäume. Die Amseln, aufgereiht auf der Wäscheleine, lauschten aufmerksam, was der Mann wohl sagen würde.

Geheimnisvoll und leise, wie es seine Art war, hatte auch Sibillo das Weite gesucht, ohne daß es jemandem aufgefallen wäre. Würdevoll thronte er auf der Tischplatte und richtete seine Augen mit den grünen Schlitzen auf den Unbekannten.

»Ruchlose!« wiederholte der Mann und hob einen langen Stock, der oben wie ein Hirtenstab gekrümmt war. »So also wollt ihr euch in die Flammen der Hölle stürzen? So also erwartet ihr den Tod, der euch bedrängt und euch bald ereilen wird? In der Völlerei und in der Sünde?«

Niemand antwortete. Sie betrachteten den Mann, der in der Linken den langen Pilgerstab schwenkte und nun mit der Rechten die Geißel schwang. Nur Buccia war wegen des Vorwurfs der Völlerei entrüstet. »Das mit der Sünde mag ja sein«, dachte sie, »es heißt, sie sei immer in uns, aber die Völlerei ...« Und ihre Entrüstung erreichte einen solchen Grad, daß sie jede Schüchternheit verlor.

»Herr Pilger, dies hier sind Brötchen, keine Völlereien!« entgegnete sie sehr bestimmt.

Der Mann blickte sie streng an und schleuderte ihr voller Verachtung entgegen:

»Schweig, Weib. Du weißt nicht, was du da sagst. Für dich und deinesgleichen öffnen sich die Pforten der Hölle. Paßt auf, daß euch noch Zeit zur Reue bleibt! Gedenket des Todes! Ihr solltet euch alle eine Geißel machen wie die hier und euch bei jedem Atemzug geißeln, mit all eurer Kraft«, und dabei hieb er sich gegen die nackten, dürren Beine. Rote Striemen zeichneten sich auf seiner Haut ab, und Blut sickerte daraus hervor.

Der Ritter sah ihn traurig an; dann flüsterte er der Äbtissin zu:

»Sollte man ihm vielleicht ein Glas Wein anbieten?«

Odilia hob eine Augenbraue und antwortete: »Ich glaube nicht, er würde es verschmähen.«

Der blonde Gerardo, der die Peitsche in der Hand hielt, mit der er die Zugpferde gelenkt hatte, streichelte sie und dachte, daß er sie, außer in äußersten Notfällen, nicht einmal bei den Pferden benutzen würde, und auch dann nur, ohne ihnen weh zu tun. Der Ritter dachte an jene, die im Heiligen Land gestorben waren, getötet auch von ihm, während sie ihre Häuser und Gärten verteidigten; er dachte an das Böse, das keine Geißel austreiben konnte. Odilia dachte an die geheimen süßen Gedanken, die sie seit langem im Herzen nährte und die sich in Lebensfreude für sie selbst und die anderen verwandelten.

Aber da niemand antwortete, schrie der Flagellant

von neuem los und fuchtelte diesmal mit beiden Armen herum:

»Tut Buße, solange sie euch noch möglich ist, und werft diese Schlemmereien in den Morast!«

Buccia schäumte vor Wut:

»Ihr seid verrückt, Herr! Was ihr da Schlemmereien nennt, das sind aus reinem Mehl und Honig bereitete Brötchen, und wir haben sie für die Kinder gebacken, weil die Frau Äbtissin sagt, daß den Kindern schon süße Brötchen reichen, um fröhlich zu sein, und fröhlich zu sein, haben sie ebenso nötig wie das Essen. Denkt Ihr nur ruhig ans Sterben, wenn Euch der Sinn danach steht!«

Der Geißler schickte sich vielleicht gerade an, etwas darauf zu antworten, als ihn der Kater Sibillo mit gesträubtem Fell und aufgereckt zur vollen Größe drohend anfauchte, so daß dieser unwillkürlich einen Schritt zurückwich. Im selben Augenblick begann das einsame verliebte Amselmännchen, das sich im Unterschied zu seinen Artgenossen im Salatbeet des Gartens versteckt hatte, aus voller Kehle zu singen.

Das war das Signal: alle anderen Amseln fielen in den Gesang mit ein, und aus dem Laub der Kirschbäume, dem Blätterversteck, ertönten Rohrflöten und Pfeifinstrumente, einzelne Lieder und Triller.

Der Geißler blickte nach oben, sah aber keine Menschenseele. Er riß die Augen so weit auf, daß sie ihm aus den Höhlen zu fallen drohten, und bewegte sich rückwärts auf das Klostertor zu, wobei er vor sich hin murmelte:

»Das ist die Stimme des Satans, der sich in diesem Kloster eingenistet hat. Ihr seid alle verloren, seid verdammt…«, und er stieß mit dem Rücken gegen die Holztür, floh über den Pfad davon, Geißel und Pilgerstab schwingend.

»Ich denke, daß wir mit dem Besuch des Bischofs rechnen müssen«, sagte Odilia einige Tage später. »Leute wie jener Geißler sind oft eher Denunzianten als Verrückte.« Die Äbtissin saß mit ihren Freunden an einem warmen Juninachmittag unter der Pergola, einem jener schwülen Nachmittage, die in den Hügeln des Monferrato oft Vorboten der hochsommerlichen Hitze sind. Die Sonne trocknet das Land aus, weckt Zikaden und Grillen, und des Nachts entzünden die Glühwürmchen ihre Irrlichter zwischen den Gräsern. Menschen und Tiere beschränken ihre Verrichtungen und Aktivitäten auf den Vormittag, wenn die Erde noch die Frische der Nacht in sich trägt, und auf den Abend, wenn es etwas kühler zu werden beginnt.

Das Grüppchen unter der Pergola erholte sich von den Anstrengungen des Vormittags. Der Stickrahmen lag unbeachtet im Schoß der Äbtissin.

»Die Signora hat recht«, sagte Ser Francesco. »Ich kenne diese Sorte von Leuten, die bösartiger sind als der Teufel, bereit, Zwietracht dorthin zu tragen, wo Friede herrscht. Und das Böse zu sehen, wo es nicht ist.«

»Wir haben nichts zu verbergen«, warf der Ritter

ein. »Wir arbeiten hier an der Verbesserung einiger Baulichkeiten des Klosters; Ihr, Ser Francesco, und der blonde Gerardo habt das Anbaugebiet erweitert, indem ihr einen Weinberg anlegtet, der das Vermögen der Ordensgemeinschaft mehren wird, habt Zisternen und Bewässerungskanäle gebaut, um das Regenwasser zu nutzen und Hochwasser zu verhindern. Sogar die Überschwemmungen werden in diesem Gebiet zurückgehen.«

»Das ist völlig richtig«, fuhr Ser Francesco fort, »aber Ihr wißt, wie leicht es ist, die Wahrheit zu verdrehen, vor allem in der Welt des Klerus. Man braucht nicht einmal zu lügen, es genügt der Ton, in dem man bestimmte Dinge sagt, ein Zögern, eine plötzliche Unterbrechung des Satzes, eine Geste, daß man sich die Augen mit der Hand verdeckt... Ihr kennt das besser als ich. Es gibt Menschen, die es verstehen, die Wahrheit auf den Kopf zu stellen, ohne die Unwahrheit zu sagen.«

Alle pflichteten Ser Francesco bei, und jeder überlegte für sich, wie der Verleumdung zu begegnen sei. Der Ritter ließ den Blick unsicher über die Anwesenden schweifen und meinte dann:

»Vielleicht sollte ich dieses Kloster verlassen und wie Ihr nur dann hierherkommen, wenn ich gebraucht werde.«

Odilia riß sich aus ihren Gedanken, sah dem Ritter in die Augen und widersprach ihm vehement:

»Nein, Herr Ritter. Eine Gemeinschaft alleinstehender Frauen in der Abgeschiedenheit dieser Hügel ist viel zu vielen Risiken ausgesetzt. Und selbst wenn Ihr uns täglich besuchen würdet, wären wir über Nacht allein, und gerade nachts drohen die größten Gefahren. Bedenkt, daß von der Seite des Walds her jeder bis an unser Tor gelangen kann, und unser Kloster ist keine befestigte Burg, es gibt keine Zugbrücke, die man am Abend hochziehen kann, und wenn wir überfallen würden, wäre uns der alte Musone keine Hilfe. Auf diesen Straßen kommen hier des Nachts häufig Vaganten, Herumtreiber und Diebe vorbei: oft schon haben wir ihr Geschrei gehört. Und das ist noch nicht alles ...«

Sie seufzte und schwieg, so als finde sie nicht den Mut, von noch Schlimmerem und Beängstigenderem zu sprechen. Alle erwarteten mit Bangen die Enthüllung der geheimnisvollen Gefahr.

Da das Schweigen der Äbtissin andauerte, wollte der Ritter sie ermutigen:

»Auf denn, Signora, erzählt es uns. Habt keine Angst.«

Odilias Brust entrang sich ein weiterer, noch tieferer Seufzer, und dann sagte sie:

»Die Werwölfe.«

Ser Francesco schreckte überrascht auf:

»Die Werwölfe?«

»Ja, Ser Francesco«, bestätigte Odilia, »die Werwölfe

und die Waldgeister. Wir haben sie in den Vollmondnächten im Wald umgehen sehen. Ihre Augen sind rot wie Glut und funkeln zwischen dem Laub hervor. Wir haben ihr Heulen bis hierher zum Kloster und selbst durch diese heiligen Mauern dringen hören, und wir sind davor erzittert, die Glieder kalt wie Eis. Ihr wißt, meine Herren, daß es Werwölfe und Waldgeister auf die Tugend der Frauen abgesehen haben, vor allem, wenn diese als Jungfrauen gelten.«

»Sonderbar«, sagte Ser Francesco, »ich lebe seit Jahr und Tag in diesem Landstrich und habe noch nie gehört, daß es hier Werwölfe gibt, geschweige denn habe ich welche gesehen.«

»Wundert Euch nicht, mein Herr. Es ist noch nicht lange her, daß Werwölfe in unserer Gegend Einzug gehalten haben. Ich weiß nicht, wieviel Glauben man bestimmten Gerüchten schenken darf, aber es heißt, die Sarazenen hätten durch gewisse Getreidesorten, die unsere Kaufleute bei ihnen dort unten erwerben, um sie bei uns wieder zu verkaufen, ein schreckliches Gift verbreitet, das bei Männern die merkwürdige Folge hat, daß sie sich in Vollmondnächten in Werwölfe verwandeln. Sie können dann weder wie vernünftige Menschen denken noch ihre Freunde, ihre Frauen und Kinder wiedererkennen, sondern zerfleischen alles auf schreckliche, grausige Weise.«

»Trotzdem«, sagte der Ritter, »es war doch erst vor

kurzem Vollmond, und da ich keinen Schlaf fand, bin ich mitten in der Nacht durch den Wald gestreift, und dabei habe ich weder einen Werwolf gesehen noch einen heulen gehört.«

»Aber das ist doch klar, Ritter«, entgegnete Odilia, »Ihr seid ein Mann, und die Anwesenheit eines Mannes genügt, damit sich die Werwölfe fernhalten. Daher sage ich ja, Ihr müßt weiter im Kloster bleiben.«

»Und die Waldgeister?« fragte Ser Francesco. »Davon habe ich noch nie etwas gehört.«

»Oh, die Waldgeister sind noch viel schrecklicher als die Werwölfe«, erwiderte Odilia mit dem Tonfall eines Menschen, der ablenken will, »und viel gräßlicher noch ist das, was sie tun. Aber wenn Ihr erlaubt, meine Herren, es ist spät geworden, und meine Pflichten rufen mich ins Kloster. Ein andermal will ich Euch alles erzählen, was über die Waldgeister bekannt ist.«

Alle kamen überein, daß die Äbtissin recht hatte und daß der Ritter über die Unversehrtheit und Tugend der Nonnen wachen sollte, auch wenn man in diesem Landstriche zufälligerweise noch nie Werwölfe oder Waldgeister gesichtet haben sollte. Man kann nie vorsichtig genug sein.

Während sich an jenem Abend die Nonnen in ihre Zellen zurückzogen, fragte Buccia, die einige Sätze der Äbtissin aufgeschnappt hatte:

»Verzeiht, Herrin. Aber was hat es mit diesen Werwölfen auf sich, die, wie Ihr sagtet, hier in der Gegend umgehen und so gefährlich sind?«

»Nichts, Buccia«, antwortete die Äbtissin und tätschelte ihr liebevoll die Schulter, »nichts, wovor wir uns fürchten müßten. Hast du sie in den Vollmondnächten nie heulen gehört?«

»Nein, Herrin.«

»Dann denk nicht mehr daran und schlafe ruhig.«

DER BESUCH DES BISCHOFS

Und wie vorausgesagt, kam kurz darauf der Bischof zu Besuch. Er kam unangekündigt gemäß des ehrwürdigen Brauchs, wonach bischöfliche Visitationen nur unerwartet erfolgen durften. Aber über geheimnisvolle Kanäle wußte man im Kloster bereits eine Woche vorher von der baldigen Ankunft des hohen Gastes. Odilia versammelte ihre Freunde unter der Pergola, um sie zu Rate zu ziehen.

Ser Francesco sprach als erster und wies auf die Erdarbeiten hin, die dem Bischof gezeigt werden sollten und an deren Nützlichkeit es keinen Zweifel geben konnte.

»Aber ich mache Euch darauf aufmerksam, Signora, daß die jungen Pflanzen, wenn wir in ein paar Monaten die Rebstöcke setzen, nach jedem Regen von unten her abgestützt und daher täglich in Augenschein genommen werden müssen, was die fast ständige Anwesenheit des blonden Gerardo erfordert. Und auch jetzt schon sollte man die Weinrebenzeilen, in die später die Rebstöcke gepflanzt werden, regelmäßig überprüfen und nach Bedarf anreichern, während die Feuchtigkeit des Erdreichs den Dung aufnimmt. Nur so kann der Pflanzvorgang aufs beste vonstatten gehen.«

»Schön«, sagte die Äbtissin, »wir werden also den

blonden Gerardo täglich bei uns sehen. Und Euch, Ser Francesco?«

»Was mich betrifft, so werde ich, soweit es mir meine Verpflichtungen erlauben, möglicherweise jeden Tag einmal herkommen, um nach den Zisternen, den Schleusen und den Bewässerungskanälen zu sehen. Das sind Vorrichtungen, die man sorgfältig überwachen muß, die, wenn sie sich selbst überlassen werden, im Handumdrehen kaputtgehen können.«

»Sehr richtig, auch das werden wir dem Bischof vor Augen führen. Und Ihr, Ritter? Welche Aufgaben könnt Ihr vorweisen, die Euch, außer zu unserem persönlichen Schutz, im Kloster halten?«

»Ich habe mir gedacht, Signora, jetzt, wo die Gärtnerhütte repariert und daraus ein schönes großes Zimmer geworden ist, trocken und windgeschützt, könnte man doch dort eine Schule für die Kinder aus der Umgebung einrichten.«

»Das halte ich für eine ausgezeichnete Idee. Und Ihr, Ritter, könnt Euer Wissen an die Kinder weitergeben. Und auch wir, meine Mitschwestern und ich, werden ihnen das beibringen, was wir wissen. In den Jahreszeiten, in denen sie nicht auf dem Feld arbeiten müssen, kommen die Kinder am Vormittag hier zu uns herauf, lernen nützliche Dinge, bekommen täglich Brot und eine warme Suppe, spielen ein wenig und gehen abends wieder nach Hause. Wir lassen in jenem Raum einen

Kamin bauen, damit sie es warm haben, und die Mädchen unterrichten wir im Spinnen und Weben, darin, wie man aus wenig Gemüse dennoch eine gute Suppe zubereiten kann, im Brotbacken und anderen Fertigkeiten. Den Jungen bringen wir bei, wie man Holz, Leder und Eisen bearbeitet, kurzum, alles, was für zukünftige Bauern von Nutzen sein kann. Und Mädchen wie Jungen unterweisen wir in der Religion, der Musik und der Literatur.«

Dieser Vorschlag versetzte alle in Begeisterung, und für einen jeden fand sich ein passender Aufgabenbereich, denn jeder konnte irgendwelche Fähigkeiten vermitteln. Man plante sogar, einen Tischler und einen Schmied kommen zu lassen, um die Buben in die Grundfertigkeiten ihres jeweiligen Handwerks einzuweihen. Auch die Schwester Gärtnerin und Buccia sollten ihre Aufgaben bekommen.

So wurde denn beschlossen, daß der blonde Gerardo die umliegenden Bauernhütten aufsuchen und anordnen solle, daß die Kinder, wenn sie nicht auf dem Feld arbeiten mußten, zum Kloster geschickt würden, wo man ihnen dann nützliche Dinge beibrächte und auch täglich Brot und Suppe zu essen gäbe.

»Großartig«, sagte Odilia, »nun gilt es, keine Zeit mehr zu verlieren, weil wir die Kinder bis zum Tag der bischöflichen Visitation gewaschen und ihre Kleider ausgebessert haben müssen, damit man sie vorzeigen kann. Und wir müssen auch an die Bewirtung des Bischofs denken. Er könnte womöglich zum Essen bleiben oder sich vielleicht ein wenig hier ausruhen und erquicken wollen. Was den Wein betrifft, verlassen wir uns auf Euch, Ser Francesco.«

Ser Francesco sah sehr nachdenklich drein:

»Der Wein, den ich von diesen Weinbergen gewinne und den Ihr kennt und den man ruhigen Gewissens als einen besonderen Tropfen bezeichnen kann, was seinen Geschmack und sein Feuer anbelangt, scheint mir für einen alten Herrn mit, wie ich mir vorstelle, maßvollen Lebensgewohnheiten nicht geeignet, zumal an einem heißen Sommertag. Meiner Meinung nach spricht alles für einen hellen, leichten und frischen Wein. Die Zisternen dort oben sind der ideale Ort, um Krüge mit jenem leichten und dennoch herben Wein kühl zu halten, den man *Cortese* nennt, weil er bei Hofe gern getrunken wird. Aus der Gegend, wo dieser Wein wächst, die von hier nicht weit entfernt ist, werde ich Euch einige Krüge voll besorgen.«

Er erhob sich und seufzte: »Ihr müßt wissen«, sagte er, »daß es keinen Weißwein gibt, der einen guten Tropfen von meinen alten Rebstöcken an Charakter und Kostbarkeit übertrifft. Doch ein Mann der Kirche und noch dazu in bereits fortgeschrittenem Alter wie Bischof Zeno ist vielleicht nicht an Wein von solch feuriger Farbe und gehaltvollem Aroma gewöhnt.«

Als man die Glöckchen der Maultiere vernahm, die den Bischof und sein Gefolge zu dem unerwarteten Besuch im Kloster trugen, war alles sorgfältig vorbereitet worden. Zwölf Kinder, gewaschen, gekämmt und in ordentlich geflickten Kleidern saßen im hergerichteten Raum der Gärtnerhütte und lernten unter der Anleitung des Ritters, den Dingen die richtigen Namen zu geben. Er hielt sein Schwert in der Hand, und sie sprachen gehorsam nach:

»Das Schwert des Herrn Ritter, das Heft des Schwerts des Herrn Ritter…« Es waren vielleicht nicht gerade die Wörter, die diese Kinder für ihr weiteres Leben am dringendsten brauchten, aber es waren die ersten, die dem Ritter einfielen, als er es – man hörte bereits das Geklingel der Maultiere – endlich geschafft hatte, daß alle zwölf Kinder auf den Bänken saßen.

Auf dem mit einem schneeweißen Tuch gedeckten Tisch im Refektorium lag, wie zufällig, ein wunderschönes Brot neben einer mit Taubenfleisch gefüllten Pastete in Pilzsauce. Und ebenfalls wie durch Zufall würde in Kürze Ser Francesco mit dem blonden Gerardo eintreffen, um dem unerwarteten Gast einen Krug mit Cortese anzubieten.

Bischof Zeno, der, wie das Ritual es vorschrieb, beim Betreten des Hauses dessen Bewohner segnete, war ein dünnes, energisches Männchen mit kurzgeschorenen weißen Haaren und blauen Augen.

»Bitte, meine Tochter«, sagte er zu Odilia, die niedergekniet war, um ihm die Hand zu küssen. »Ich bitte Euch, steht auf«, und er machte eine Handbewegung, als wolle er der Äbtissin aufhelfen. Alle Schwestern hatten sich nebeneinander aufgestellt und sich, als er vorbeiging, hingekniet, um ihm die Hand zu küssen. Als letzter erschien der Ritter, nachdem er recht unvermittelt den Unterricht unterbrochen und den Schülern befohlen hatte, vor dem hohen Gast niederzuknien.

»Wie viele Kinder es in diesem Kloster gibt!« bemerkte der Bischof.

»Wir holen sie zusammen, um ihnen ein wenig Unterricht zu erteilen«, antwortete Odilia, »wenn sie nicht bei der Feldarbeit beschäftigt sind.«

»Gut, gut, gut. Und wer sind die Lehrer?«

»In erster Linie der Ritter, den Ihr hier seht, dann ich und auch alle Nonnen. Wir«, dabei deutete sie auf ihre Mitschwestern, »bringen den Mädchen bei, Kleider zu nähen und aus den wenigen Dingen, die das Land bietet, etwas zum Essen zu bereiten.«

Aber Bischof Zeno, obwohl er sein »gut, gut, gut« andauernd wiederholte, interessierte sich vor allem für die Person des Ritters.

Inzwischen waren die Kinder entlassen und mit einem süßen Brötchen belohnt worden, und die Erwachsenen gingen in das Besuchszimmer, wo dem Bischof ein bequemer, mit Kissen ausgelegter Stuhl angeboten wurde. Der Bischof bedeutete den Nonnen durch ein Handzeichen, sich zurückzuziehen, da er mit der Äbtissin und dem Ritter allein sein wollte.

»Mir ist zugetragen worden, Signora, daß sich in diesem Kloster seltsame Dinge ereignen.«

In diesem Augenblick ertönte die Glocke am Eingangstor, und es erschien Ser Francesco, gefolgt vom blonden Gerardo, der einen Krug in den Händen hielt. Eine Vorstellung erübrigte sich, denn Ser Francesco war in der ganzen Gegend bekannt. Dem Bischof wurde ein reizender Silberbecher gereicht, auf dem sich sogleich die Kühle des Weins niederschlug.

»Welch eine Erquickung!« sagte der alte Prälat, nachdem er einen Schluck getrunken hatte. »Die Hitze ist heute groß und die Straße staubig.« Er nahm noch einen Schluck und sagte dann:

»In Eurem Kloster lebt es sich nicht schlecht, Äbtissin Odilia. Wie viele Blumen Ihr habt!«

»Die Blumenzucht ist für uns Nonnen eine Liebhaberei. Aber wir haben auch einen schönen Gemüsegarten und etliche Obstbäume. Im kommenden Herbst soll sogar ein Weinberg angelegt werden, so daß unser Kloster in der Lage sein wird, sich selbst zu versorgen. Sofern Ihr möchtet, zeigen wir Euch später, wenn die Hitze etwas nachläßt, die Bewässerungsanlagen, die Ser Francesco durch diesen jungen Mann und mit Hilfe des Ritters hat bauen lassen.«

»Gut, gut«, kommentierte Bischof Zeno und schlürfte seinen Wein, ohne den Ritter aus den Augen zu lassen.

»Man sagt, daß in diesem Kloster merkwürdige Dinge vor sich gehen, daß man seltsame Töne und Stimmen hört, die aus dem Laub der Bäume kommen ...«

Odilia füllte den Becher des Bischofs aufs neue und antwortete, daß es die Stimmen der Kinder, die sich in den Kirschbäumen versteckt hatten, gewesen seien und die Töne aus ihren schlecht gestimmten Hirtenflöten gekommen seien und daß die Instrumente, dank des Ritters Unterweisung, inzwischen sachkundiger gespielt würden. Odilia wußte, daß nun, nachdem die Klippe der Kinder umschifft war, jene des Ritters an der Reihe wäre. Dem kam sie zuvor, indem sie dem Bischof die sonderbaren Ängste ihrer Mitschwestern schilderte, die in den nächtlichen Geräuschen Ungeheuer witterten, mit denen der Aberglaube die Wälder bevölkerte, Werwölfe, böse Geister, von denen so viel die Rede sei. Aufrichtig gestanden wisse sie selbst nicht so recht, ob sie diese Gerüchte ernst nehmen solle, dennoch habe sie, um die ängstlichen Gemüter ihrer Mitschwestern zu besänftigen, den bußfertigen Ritter gebeten, sein Schwert in ihren Dienst zu stellen, wie es die Höflichkeit gebiete. Aus diesem Grunde habe sich der Ritter gefügt, in der Gärtnerhütte zu wohnen, jener Hütte, die bei Tag auch als Schulzimmer diene.

Der Bischof schwieg. Sei es, weil ihn der frische,

durststillende Wein erquickt hatte, sei es, weil die Äbtissin so überzeugend auf ihn einredete, jedenfalls verloren die Dinge allmählich viel von ihrem Schrecken. Die Ausschweifungen, die im Kloster stattgefunden hatten, erwiesen sich als gar nicht so schlimm: ein von Kindern veranstalteter Klamauk, die zu viele Kirschen gegessen hatten, die Anwesenheit eines bußfertigen Ritters, der sich übrigens in vielerlei Hinsicht als nützlich erwies ... Im Grunde nichts zu beanstanden. Und alle hier im Kloster schienen unbeschwert zu leben und sich wohl zu fühlen.

Außerdem hatte er, um die Wahrheit zu sagen, jene Wanderprediger mit Geißeln und Hirtenstab noch nie leiden können. Heimtückische Gesellen und Streithammel, genau das waren sie.

Es wurde Zeit für das Mittagessen, und das Refektorium erstrahlte im Schmuck unzähliger Feldblumen, frisch gepflückter Mohn- und Kornblumen.

»Ich habe diese Blumen ausgewählt«, sagte Odilia, »weil sie zwischen dem Getreide wachsen und ans Brot gemahnen« – und sie deutete mit ihrer wohlgeformten Hand auf das große Brot auf dem Tisch und auf jenes andere Gebilde, das wie ein Brot aussah, dessen Duft jedoch verborgene Köstlichkeiten verriet. Als es aufgeschnitten wurde, vermochte Bischof Zeno sein Staunen nicht mehr zu verbergen:

»Ich bin geneigt zu glauben, daß Ihr die Zauberin

seid, die dieses Wunderwerk geschaffen hat, Odilia. Es ist fürwahr eine Kunst, aus so einfachen und bescheidenen Dingen wie etwas Fleisch und wenigen Pilzen ein kleines Meisterwerk zu zaubern, das Auge und Gaumen erfreut.«

Während die Äbtissin auf das Kompliment des Bischofs mit einem Lächeln demütiger Dankbarkeit antwortete, schien Ser Francesco von einer lebhafteren Erregung erfaßt zu sein.

»Monsignore«, sagte er, »Ihr werdet zu diesen Köstlichkeiten der Frau Äbtissin doch keinen kalten Weißwein trinken wollen, der, so edel er auch sein mag, gegenüber den würzigen Speisen, die wir hier genießen, allzu dünn und gehaltlos anmutet!«

»Ihr habt recht, Ser Francesco. Aber welchen schlagt Ihr denn vor?«

»Einen Wein von meinen ältesten Reben, der schon seit etlichen Jahren in den Fässern lagert, dessen erstes nun im lieblichen Monat Mai angezapft wurde.«

Der Bischof war damit einverstanden. Es wurde ein Fäßchen aus dunklem Holz gebracht und mitten auf den Tisch gestellt, wo es wie auf einem Thron stand. Während Ser Francesco eigenhändig den schweren, duftenden Wein abstach, eilte die Äbtissin aus dem Refektorium, um kurz darauf mit einem Körbchen voll Nachthyazinthen zurückzukehren, die sie in kleinen Sträußen auf der Tafel verteilte.

Alle sahen ihr mit fröhlichem Staunen zu, und sie sagte lachend zu Ser Francesco:

»Das hier ist eine Herausforderung, mein Herr. Ich möchte wissen, ob der Duft Eures Weins den meiner Blumen übertrifft.«

Der Mann lächelte, senkte zustimmend den Kopf und entgegnete:

»Nein, Herrin. Mein Wein übertrifft den Duft Eurer Blumen nicht, sondern verbindet sich mit ihm. Die Alten pflegten die Kelche, aus denen sie tranken, mit Blüten zu krönen und sogar Blütenblätter der Rose hineinzuwerfen. Der Duft der Blumen steigt durch die Nasenlöcher in den Kopf, während das Aroma des Weins seinen Weg über den Gaumen nimmt und sich mit jenem wie ein zum Sieg entschlossener mächtigerer Verbündeter vereinigt. Das Ziel ist stets der Genuß, der bescheidene Genuß, der von einem Glas Wein ausgehen kann.«

Alle lächelten bei diesen Worten, und Bischof Zeno konterte geistreich:

»Nennt ihn nicht bescheiden, oder nur insofern er von der Erde kommt. Ihr wißt, zu welch großen Taten dieser Genuß beflügeln kann, wenn er sich dem Maß vermählt, das ebenfalls vonnöten ist, um zum Sieg zu gelangen.«

Niemandem war aufgefallen, daß sich der Ritter stillschweigend aus dem Refektorium entfernt hatte. Kurz darauf kehrte er zurück und trug ein Bündel auf den Armen, das in einer ledernen Hülle steckte. Er löste die Verschnürung und zog ein anmutiges Instrument mit drei Saiten daraus hervor, die über einen Kasten aus schönem rötlichen Holz gespannt waren.

»Dieses Instrument«, sagte er, »stammt aus dem Orient: Man nennt es Rubebe, und bei den Mauren ist es sehr gebräuchlich. Wenn Ihr gestattet, werde ich Euch dazu ein Lied singen.«

Er spannte die Saiten mit den drei Schlüsseln, die am oberen Teil der Rubebe befestigt waren, schlug einen Akkord an und stimmte ein merkwürdig trauriges Lied in provenzalischer Sprache an. Es war die Klage eines Mannes, der des Morgens aus dem Haus zu seiner Arbeit geht und bei der abendlichen Heimkehr weder das Haus noch den Garten, weder die Diener noch seine Frau wiederfindet. Er irrt in den Trümmern umher, die noch ganz warm sind vom Brand, der das Anwesen in Schutt und Asche gelegt hat, bis er sich, die Stimme heiser vom vielen Rufen, mutterseelenallein in die Wüste begibt, um sich bis ans Ende seiner Tage der Verzweiflung hinzugeben.

»Selbiger Mann«, schloß der Ritter, »schenkte mir dieses Instrument, das ihm gehört und zu dem er so manches Mal fröhliche Lieder gesungen hatte. Das hier habe ich in provenzalischer Sprache gedichtet zur Erinnerung an jenen einzigen Freund, den ich im Orient fand, der mich sterbend am Rande des Schlachtfelds aufgelesen, gepflegt und in seinem Haus bewirtet hat. Jenes Haus, das, da ich damals bei ihm war, auch ich in rauchenden Trümmern liegen sah, jenen Garten, den schönsten, den ich je erblickt und aus dem ich Euch, Signora, die beiden Samenkörner mitgebracht habe, die Ihr kennt.«

Alle schwiegen und dachten berührt über die traurige Geschichte des Mannes nach, dem man alles genommen hatte, und sie waren dem Ritter von Herzen dankbar dafür, daß er jenes Lied gedichtet hatte, um die Erinnerung an die traurige Begebenheit wachzuhalten, die im Mitleid der Zuhörer wiederauflebte. Bischof Zeno brachte dieses Gefühl in den folgenden Worten zum Ausdruck:

»Wir sind Euch dankbar, Ritter, für das Lied, das Ihr komponiert habt, damit die Begebenheit im Gedächtnis erhalten bleibe, deren Urheber, wie ich vermute, wir selbst sind.« Er seufzte voller Schmerz und fuhr dann fort: »Wir werden immer unsere eigene Schuld messen müssen, bevor wir von den anderen verlangen, für die ihre zu bezahlen.« Und dann, zur Äbtissin gewandt, fügte er hinzu: »Und ich danke Euch für die Freude, die Ihr den Menschen in Eurer Umgebung schenkt. Ich bitte Euch, tut es auch weiterhin, weil jeder Mensch sie nötiger braucht als alles andere, und insbesondere die Kinder, die ich in Eurem schönen Hause vereint sah, als ich hier ankam.«

SER FRANCESCOS ZYPRESSEN

Der Sommer verging ohne weitere wichtige Ereignisse. Nach der Tagundnachtgleiche begannen die Tage an Wärme und Glanz zu verlieren. Odilia und der Ritter beobachteten, wie die Dämmerungen immer fahler wurden, und spürten eine Beklemmung im Herzen. Von den Kindern konnten nur noch die kleineren zur Schule kommen, weil die anderen bei der Feldarbeit beschäftigt waren. Als die ersten Herbstnebel fielen, kehrten auch sie ins Kloster zurück.

In der Zwischenzeit hatte die Äbtissin eine beträchtliche Menge an Wolle herbeischaffen und eine alte Frau kommen lassen, die den Nonnen das Spinnen und Weben beibringen sollte. Bevor es kalt wurde, mußten sie daraus warme Kleider für die Kinder herstellen. Im Besuchszimmer des Klosters wurde ein hölzerner Webstuhl mit einem großen Rietkamm aufgestellt, und die Nonnen wechselten sich auf dem Schemel ab, um den schweren Webrahmen zu bewegen, der am Zettel die querlaufenden Fäden zum Gewebe verflocht. Diejenigen, die nicht am Webstuhl saßen, spannen die Wolle oder nähten die Kleider oder halfen Buccia in der Küche, die stets damit beschäftigt war, große Töpfe mit Suppe zu kochen und verschiedene Brote zu backen.

Die Stille war aus dem Refektorium gewichen, weil den Kindern etwas gelang, das normalerweise nur die Herren der Schöpfung zustande bringen: gleichzeitig zu essen und zu reden. Odilia legte besonderen Wert darauf, daß sie lernten, wie man ißt, ohne den Kopf über den Teller zu beugen.

»So«, pflegte sie zu sagen, »kann es passieren, daß man euch für feine Leute hält, und vielleicht werdet ihr das ja auch eines Tages.« Die Kinder lachten, weil sie überzeugt waren, daß feine Leute eine andere Menschenrasse seien, wie die Neger und die Zauberer.

Als die Wollsachen zum Anziehen fertig waren, erhielt jedes der Kinder eines geschenkt. Aber da nun einmal die Werkstatt schon eingerichtet war, kam Odilia auf die Idee, die Mädchen während des Winters mit Spinnen und Weben zu beschäftigen, damit sie für sich selbst und ihrer Familie weitere Kleidungsstücke herstellen konnten.

Die Äbtissin achtete auch sehr darauf, daß die Kinder nicht mit blauen Flecken oder anderen Spuren von Mißhandlungen zur Schule kamen. Wenn so etwas vorkam, wurde Ser Francesco in Kenntnis gesetzt, der dann seine Autorität geltend machte und dagegen einschritt.

Inmitten dieser häuslichen Tätigkeiten gingen die

Tage dahin. Die Schwalben zogen gen Süden, und die ersten Nebel stiegen auf. Anfangs waren es nur Morgennebel, die sich unter den Sonnenstrahlen auflösten; dann wurden sie immer dichter, hartnäckiger und kälter. Von den Bergen kamen die Krähen herab. Es war traurig, statt des Schwalbengezwitschers nun ihr Krächzen zu hören, aber Odilia liebte sie dennoch, diese armen Aasvögel, die weder anmutig noch schön sind. Von den Amseln wurden sie mit Verachtung gestraft, sie trugen die Köpfe hoch, um zu zeigen, welch eine Kluft sie trennte: In Wirklichkeit hatten sie Angst, daß auch die Krähen sich an den Gastmahlen der Hühner gütlich tun könnten, das nämlich fürchteten sie. Aber völlig grundlos. Denn die Krähen hatten ihre eigene Würde und näherten sich dem Futter der Hühner nie.

Allabendlich stiegen Odilia und der Ritter den Hügel empor, um von dort oben aus den Sonnenuntergang zu erleben und zu schauen, wie sich das Laub der Bäume und der nach und nach gepflanzten kleinen Rebstöcke verfärbte und der Jasmin im Schutze seiner Nische wuchs und gedieh.

Der Melancholie, die dieser Jahreszeit innewohnt, konnten auch sie nicht entgehen. Doch dabei ging es Odilia durch den Kopf, wie anders diese Melancholie war, verglichen mit der früherer Jahre. Nicht schwächer, aber von einer eigentümlichen Süße erfüllt. Vielleicht sogar quälender. »Weil mein Herz nun schutzlos ausgeliefert ist«, dachte Odilia.

Als eine Unterbrechung der täglichen Eintönigkeit kam Ser Francescos Einladung: in seinen Weinbergen ging die Traubenlese zu Ende, und seit jeher zu dieser Jahreszeit lud er die Freunde zu einem Festmahl. Es sei für ihn ein fester Brauch, sagte er, im Herbst, wenn die Landarbeit abgeschlossen sei, Freunde um sich zu versammeln. Die Traubenlese sei die letzte der Ernten, sagte er, ein Jahr gehe zur Neige und man beginne schon allmählich, an das neue zu denken. Denn nachdem der letzte Rebstock abgeerntet war, wurden die Felder für die Aussaat des Weizens und der Gerste gepflügt.

Er selbst lenkte den Wagen, auf dem er für die Äbtissin und jene Nonnen, die seiner Einladung Folge leisteten, einige bequeme, mit Kissen ausgelegte Sitze hatte herrichten lassen. Der dankbarste Gast war Schwester Buccia, die eine große, mit einem schneeweißen Tuch bedeckte Backform in den Händen hielt, in der sie etwas Geheimnisvolles zubereitet hatte. Während Ser Francesco, der heute an Stelle des blonden Gerardo auf dem Kutschbock saß, die beiden Pferde mit großer Umsicht lenkte, damit der Wagen nicht holperte, folgte der junge Mann zusammen mit dem Ritter der kleinen Schar, die sich fröhlich zum Fest begab, hoch zu Roß.

Es war zu jener noch warmen Stunde, die um so willkommener ist, je kürzer die Tage werden und schon die Kühle lauert, die der Wind alsbald mit den länger werdenden Schatten in die Täler hinuntertragen wird. Die Straße schlängelte sich zwischen Hügeln und Bergrücken, zwischen Eichenhainen und anderen Gehölzen dahin; aber vom Gipfel einer kleinen Anhöhe aus, die den Abschluß der Hochebene zu bilden schien, fiel der Blick auf einen Weinberg, der sich liebevoll in das wellige Gelände schmiegte.

Mitten auf der Hochebene, wo alle Pfade aus den Weinbergen zusammenliefen, tat sich ein weiter grasbewachsener Platz auf, der von himmelhohen Zypressen mit dicken, schwarzen Stämmen umstanden war. Dort waren Tische für die Gäste aufgestellt.

Als die Reisenden dort anlangten, sahen sie, was sie zuvor, verdeckt durch die Reben, nur schemenhaft wahrgenommen hatten: ein Gewimmel von Männern und Frauen, die mit scharfen Messerchen die Pergel von den Pflanzen schnitten und sie mit flinken Handbewegungen in große Körbe legten, die Kinder auf ihren Köpfen trugen. Den Weg hinauf, der zum Haus des Weingutbesitzers führte, stiegen, mit Bottichen voller Trauben beladen, Maultiere, so bedächtigen und gemessenen Schritts, als wollten sie die Last, die sie trugen, sicher zu ihrem Bestimmungsort bringen.

Die kleine Reisegesellschaft verweilte noch nicht lange an diesem Ort, da konnte man von der Straße her das Klingeln von Glöckchen vernehmen. Ser Francesco lächelte zufrieden:

»Das ist Bischof Zeno, der, wie Ihr hört, meine Einladung angenommen hat.«

Als nach Beendigung der Mahlzeit abgeräumt wurde, stellte auf ein Zeichen der Äbtissin hin Buccia die große Backform, die sie bisher verborgen gehalten hatte, auf den Tisch.

»Ich habe nicht gedacht«, sagte sie, sich ein wenig zierend, »daß auch der Herr Bischof hiersein würde, denn wenn ich das gewußt hätte, hätte ich nicht den Mut gehabt, diese bäuerliche Nachspeise hier aufzutischen, die heute morgen im Ofen des Klosters gebacken wurde. Aber da die Frau Äbtissin mir bedeutet, sie darzubieten ...«, und dabei zog sie das Leintuch weg, das auf der Backform lag. Ein herrlicher Duft von Nelken und Zimt entströmte der Köstlichkeit und wurde noch betörender, als die Äbtissin breite, weiche Stücke aus der Form schnitt und sie der Tischgesellschaft vorlegte. Mit fröhlichem Staunen aßen alle von diesem eigentümlichen Leckerbissen und blickten fragend in das stumme Gesicht der Schwester, die, die Augen aufs Tischtuch gesenkt, zu verbergen suchte, wie gern sie geredet hätte. Doch erst als die Äbtissin ihr ein Zeichen gab und eine Frage stellte, faßte Buccia Mut:

»In meiner Heimat«, sagte sie, »die jenseits von Mantua liegt, wo der Po in seiner großen Ebene breit dahinfließt, pflegt man bei der Traubenlese eine Creme aus Most und Mehl und Gewürzen zu bereiten, die Ihr vielleicht schon gekostet habt. Diese Creme habe ich mit recht dünnem Brotteig umhüllt und zum Backen in den Ofen gestellt, nachdem wir das Brot schon herausgenommen hatten.«

Als Buccia schwieg, brach ein Beifallssturm von Komplimenten und Händeklatschen los, und der erste, der ihr seine Reverenz erwies, war Bischof Zeno. Ser Francesco ließ einige Krüge sehr alten, aus getrockneten Trauben gekelterten Weins auftragen, in dessen Süße sich jedoch mit den Jahren eine Spur von Bitterkeit eingeschlichen hatte, die jene zuweilen sogar überlagerte.

»Ein edler Tropfen«, sagte Bischof Zeno, »und mir scheint, nichts ist besser geeignet, unser Gemüt mit dieser schwierigen Stunde des Sonnenuntergangs zu versöhnen.«

Der kurze Oktobertag neigte sich tatsächlich seinem Ende zu, und die Sonne wich langen bläulichen Schatten. Ein tiefes Schweigen folgte auf die Worte des Bischofs, und alle Augen richteten sich auf ihn. Aber mit besonderer Aufmerksamkeit betrachteten ihn die Äbtissin und der Ritter. So kannte also auch Bischof Zeno, ein Mann der Kirche, von großer Autorität und Weisheit, die traurige Stimmung des Sonnenuntergangs, jenes unauslöschliche Bewußtsein des Todes, das mit ihm einherging?

»Ja«, hob Bischof Zeno von neuem an, »der Sonnenuntergang ist der Spiegel des Todes, und die Kürze des Tages weist auf die Kürze des Lebens hin: und keine Erfahrung, kein Wissen und kein Glauben, die uns vor diesem ›memento mori‹ bewahren könnte, das im Gewand der Schönheit daherkommt.«

Er wandte die blauen Augen dem Licht zu, das noch im Westen verweilte, und lächelte traurig. »Wenn man allein ist«, fuhr der Bischof fort, »leidet man noch schmerzlicher darunter. Und ein Ordensmann ist viel allein.«

Odilia sah ihn überrascht an: Ihr war, als verleihe der Bischof ihren ureigensten Gedanken Ausdruck.

»Aber dann bricht ein neuer Tag an«, fuhr der Prälat fort, »und das Leben kehrt zurück. Der Sonnenuntergang ist nur ein Ebenbild des Todes.«

»Warum«, fragte Odilia, »leiden wir so unter diesem Bild des Todes, als sei es real, obwohl wir doch wissen, daß morgen wieder ein neuer Tag beginnt? Warum haben wir jedesmal das Gefühl, als streife uns die Kälte des Todes?«

Die blauen Augen des Bischofs senkten sich nachdenklich auf sie.

»Vielleicht weil der Tod in uns ist, Odilia.« Und nach einem kurzen Schweigen, wohl wissend, daß seine Worte nach einer Erklärung verlangten, fuhr er fort:

»Auch wenn wir leben, ist der Tod in uns gegenwärtig, aus dem einfachen Grunde, weil wir sterblich sind; vielleicht machen wir uns das nicht bewußt, aber es ist so. Wir sind eine Mischung aus Leben und Tod. So empfindet derjenige, der das Leben am meisten liebt, die Gegenwart des Todes am stärksten. Leben und Tod, Odilia, sind untrennbar miteinander verbunden.«

»Dann ist also«, fuhr Odilia nach kurzem Überlegen fort, »auch im Tod das Leben gegenwärtig.«

»Das glaube ich in der Tat.«

»Kann also ein Mensch«, fragte Odilia, »auf diese Weise, in einem gewissen Maße, wenn er gestorben ist, am Leben teilhaben, damit meine ich das irdische Leben, dieses Leben?«

»Das möchte ich nicht behaupten«, sagte der Bischof und schüttelte den Kopf. »Ich glaube nicht, daß das in irgendeiner Art möglich ist. Doch daß der individuelle Tod nicht das Band zerreißt, daß die Lebenden mit den Toten vereint, das glaube und behaupte ich.«

»Wollt Ihr damit sagen, daß die Taten der Lebenden sich in die der Toten einmischen können?«

»Ja. Und die Toten können auf die Lebenden einwirken mit der Erinnerung, die sie von sich hinterlassen; mehr noch mit der Gegenwart ihrer Seele in der Welt der Lebenden. Versteht Ihr, Odilia? Wenn für den einzelnen alles mit dem Tod endete, wäre der Mensch eine in die Existenz geschleuderte Monade, ein gänzlich einsames Wesen. Und damit meine ich nicht die Einsamkeit dessen, der sich allein gelassen fühlt, jene, die wir alle erfahren. Ich verstehe darunter eine absolute Einsamkeit, die sich schwer mit Worten umschreiben läßt. Stellt Euch vor, das Leben des Menschen wäre in sich selbst eingeschlossen und endete mit dem Tod und einem gnädigen Urteil oder der Verdammnis ...«

Alle schwiegen und dachten über die nicht leicht verständliche Rede des Bischofs nach. Dieser fuhr fort:

»Ich glaube, daß die Existenz eines Menschen, seine Seele vielleicht, aber von Seele spreche ich lieber nicht, Teil jenes Ganzen ist, das aus den Existenzen der Menschen besteht. Das, was der Mensch tut, an Gutem oder Bösem, stirbt nicht mit ihm, sondern lebt weiter in den Folgen, die jede Tat im Leben der Menschheit auslöst, in ihren Folgen, wiederhole ich, den kleinen, den winzigen oder den großen. Der Mensch ist Teil eines Ganzen: niemand entgeht dieser Ganzheit, und ihr liefert der Mensch seinen Beitrag, auf unendlich unterschiedliche Weise, im Guten wie im Bösen. In dieser Ganzheit bleibt alles erhalten, in ihr lebt der Mensch weiter, auch nach dem Tode.«

»Warum«, fragte Odilia, »wolltet Ihr nicht von Seele sprechen?«

»Hier, meine Liebe, legt Ihr den Finger auf den heikelsten Punkt meiner Ausführungen. Ihr wißt, daß die katholische Kirche von der Seele des einzelnen spricht und von einem Gericht, das jeden einzelnen nach dem Tod erwartet.«

Odilia wußte das, und es war dieser Punkt, an dem ihr Denken widerstrebend haltmachte.

»Ich, als Ordensmann, muß mich an diese Lehre halten«, fuhr Bischof Zeno fort, »aber nicht immer sind alle Theologen dieser Meinung gewesen. Es gab welche, die geglaubt haben – und das mit einigen stichhaltigen Gründen –, daß der einzelne Mensch Teil einer Weltseele sei und in ihr lebe und wirke. Der Tod des Individuums würde in diesen Falle nicht seine geistige Identität zerstören, die im Weltgeist weiterlebt.«

»In einem solchen Fall«, sagte Odilia, »würde vom Menschen etwas weiterleben, das mehr ist als seine Werke. Viel mehr.«

»Ja, Odilia, viel mehr. Und zwischen Lebenden und Toten kann es fürwahr eine gefühlsmäßige und gedankliche Verbindung geben.« Der Bischof sah Odilia lächelnd an. »Möglich ist es, liebe Odilia. Aber ich weiß es nicht. Wir können es hoffen, wir können daran glauben.«

Die Tischgesellschaft erhob sich, denn unter diesem Gespräch war die Nacht hereingebrochen. Die Wipfel der Zypressen ragten in die bleiche, mondlose Nacht und begrenzten einen Himmelskreis, der von Sternen funkelte.

Zeno hob die Augen zu diesem magischen Himmelszelt und sagte:

»Und vielleicht ist es wahr.«

HERBST

Aus den Dunstschwaden wurden Nebel, und die Nebel verdichteten sich zu Regenschauern. Das Wasser lief durchs Gras, sammelte sich in den Kanälen der Entwässerungsanlage, füllte die Zisterne und strömte von dort in den Wald. Im Garten blühten die letzten Blumen, als bäumte sich die Natur gegen das bevorstehende Ende auf. Die jungen Rebstöcke warteten, eingeschlossen in ihrer Rinde, und von dem noch grünen Wald ging eine schwermütige Schönheit aus.

Die Blätter des Birnbaums jedoch sahen aus wie Schieferstückchen, auf die die Regentropfen unaufhörlich herniederprasselten.

Das Leben der Nonnen spielte sich nun wieder im Innern des Klosters ab. In der großen Halle brannte das Feuer, und die Kinder, die zu dieser Jahreszeit allesamt kamen, blickten in die Flammen, die aus den Händen, den Füßen, dem ganzen Körper die Kälte vertrieben und Lust machten, tätig zu sein. Eine große Hobelbank war aufgestellt worden, und die Kinder lernten, wie man mit Hilfe von Sägen und Raspeln auf Holzbalken Bänke, Schemel und Gerätschaften zimmert. Einige schnitzten aus weicheren Hölzern Figuren, andere flochten Weidenruten und Schilfrohr zu Körben, Kiepen und Brotkörbchen. In einer langen Reihe standen Holzpantinen zum Trocknen vor dem Kamin.

In dem Raum, der bisher als Besuchszimmer des Klosters gedient hatte, waren ständig zwei Webstühle in Betrieb, bewegt von den Händen der größeren Mädchen. Die anderen sponnen, zogen die Knoten nach; die kleineren Kinder spielten mit den Wollknäueln oder bauten aus den Holzabschnitten kleine Hütten.

Da hörte plötzlich der Regen auf. Die letzten Tropfen fielen träge von den Blättern des Birnbaums, die Kohlmeisen begannen, sich von einem Ast zum anderen zu rufen, dann tauchten die Amseln auf und pickten mit ihren harten, gelben Schnäbeln Regenwürmer und Schnecken, die der Sonne entgegen aus ihren Löchern gekrochen waren.

Nun wurden alle Arbeiten unterbrochen. Jungen und Mädchen schlüpften in ihre Holzpantinen, schwärmten durchs nasse Gras zum Wald hin aus, wobei sie wie siegreiche Ritter die breiten Sonnenstrahlen durchquerten, die aus den Wolken hervorgetreten waren. Vor ihnen her ging der blonde Gerardo, manchmal auch der Ritter, und sie zeigten ihnen, wo Pilze und Schnecken zu finden waren. Einige trugen Körbchen bei sich, andere alte gebrauchte Säcke.

Der immer noch tropfende Wald füllte sich mit

Geschrei, während Hämmer und Webstühle schwiegen. Es gab kein Laub, das nicht geschüttelt, kein Gebüsch, das nicht mit Stöcken durchstöbert wurde, mit denen jeder Junge bewaffnet war. Ein Schrei, ein Lachen kündete immer einen Fund an, gleichgültig, ob es sich dabei um einen Pilz oder um eine Schnecke handelte.

Im Klostergarten fachten indessen Odilia und ihre Mitschwestern ein Feuer unter einer dünnen Steinplatte an, die auf zwei Felsbrocken lag. Als ein geräuschvolles Rascheln am Waldrand die Ankunft der kleinen Jäger und ihrer Lehrmeister ankündigte, war die Steinplatte glühend heiß.

Daneben hatte man ein Schälchen mit Salz gestellt, und die aus den Säcken gezogenen Schnecken purzelten schäumend und zischend auf die Platte. Als die Hitze sie aus ihren Häusern trieb, wurden sie von flinken Fingern gepackt und, mit oder ohne Salz, zu einem gierig saugenden Mund geführt.

Die Pilze wanderten zuerst durch Schwester Buccias Hände, die einen nach dem anderen prüften, von Erdreich und Schleim säuberten, der Länge nach durchschnitten und auf die Platte warfen, wo auch sie nur ganz kurz verweilten. Sobald sie sich ein wenig zusammenrollten, beförderte sie sie mittels eines Holzstöckchens in eine Tonschale, wo gewürfelter Knoblauch und feingehackte Petersilie sie erwarteten. Auf großen

Brotscheiben wurden sie dann an diejenigen verteilt, die davon kosten wollten.

Ich glaube, daß sich alle, Herren, Kinder und Nonnen, dieses ungewohnte Gericht unter fröhlichem Geplauder und kindlichem Geschrei munden ließen, bis die kühle feuchte Abendluft die Glut unter der Steinplatte löschte und die milde Wärme des unerwarteten Sonnenstrahls vertrieb. Als sich die Schatten auf das Land herabsenkten, kehrten die Kinder in ihre Hütten zurück und knabberten dabei an den süßen Fladenbroten, die Odilia zu ihrer freudigen Überraschung heimlich vorbereitet hatte.

»Laßt uns diesen kleinen Altar nicht zerstören«, sagte der Ritter und deutete auf die Steinplatte. »Die Zeit der Pilze hat gerade erst begonnen; dann kommen die Kastanien. Ich glaube, er wird noch viel zu tun haben, bevor ihn der Schnee zudeckt.«

DIE SCHLITTEN

Es war ein langer, milder Herbst. Noch mehrmals schwärmten die Kinder auf der Jagd nach Beute in den Wald aus, und wenn diese nur aus Pilzen bestand, weil die Schnecken sich bei den ersten Frösten in ihre Schlupflöcher verkrochen und ihre Häuser mit Schleim versiegelt hatten, tat das der Entdeckerfreude der kleinen Sammler keinen Abbruch. Für die Bauernkinder begannen nun die großen Ferien von der Feldarbeit, die Monate, in denen sie miteinander spielen und ihre Freiheit genießen konnten. Daran änderten auch die Klosterschule und die leichten Arbeiten nichts, die es dort zu tun gab, sondern sie verschafften ihnen im Gegenteil noch zusätzliche Glücksmomente und Vergnügungen, auch wenn sich Buccia allmorgendlich Hals, Gesicht, Hände und Ohren eines jeden Kindes genau ansah und die Widerspenstigsten zwang, sich mit Wasser aus einem großen Bottich abzureiben, in den sie zuvor, um es anzuwärmen, einen glühenden Stein gelegt hatte. Es wäre leider auch die Jahreszeit des Hungers gewesen, der in früheren Wintern viele Kinder genötigt hatte, bei geizigen Leuten Flachs zu brechen oder auf den Straßen betteln zu gehen. Aber die Schule bot neben der Gewißheit, es warm zu haben, auch die tröstliche Aussicht auf einen Teller Suppe von Schwester Buccia, die merkwürdigerweise inzwischen weniger schimpfte und dafür besser kochte.

Als die Nebel dichter und die Regenfälle immer kälter wurden und nicht mehr enden wollten, begann man in der Werkstatt der Schule mit einer neuen Arbeit, an der sich alle voller Eifer und Begeisterung beteiligten. Dabei kamen glattgehobelte Holzbretter zum Einsatz und junge Äste, die lange im Wasser gelegen hatten, so daß sie ganz biegsam waren. Unter der Anleitung des blonden Gerardo wurden aus Brettern und Zweigen kleine Schlitten gebaut, um auf ihnen über den kommenden Schnee zu rutschen.

Solche Schlitten, besetzt mit einem, zwei oder mehreren Kindern, hatte der blonde Gerardo die sanften Hügel des Schwabenlandes hinabfahren sehen, während er im Gefolge eines jener dortigen Herren durch den Schwarzwald gezogen war, um Dörfer und Burgen zu überfallen. Während sie wie Wölfe aus ihren Höhlen gekommen und in hellen Scharen über jene Berge geritten waren, war ihm aufgefallen, daß sich Mädchen und Knaben und oft sogar junge Burschen im Winter die Zeit mit diesen Holzgestellen vertrieben, auf denen die einen die Hänge hinuntersausten, während andere ihr Gefährt schon wieder mühsam zum Gipfel hochzogen. Er hatte sich die Bauweise dieser Schlitten genau angeschaut und tief im Herzen den Wunsch sich bewahrt, selbst einmal das Entzücken einer solchen rasanten Schlittenfahrt über einen verschneiten Abhang zu erleben.

Nach seinen Anweisungen arbeiteten die Kinder emsig weiter und sahen dabei immer wieder zum Himmel hoch, in der Hoffnung auf Schnee. Schweren Herzens unterbrachen sie ihre Arbeit, wenn Buccia die Glocke läutete, um sie zu Tisch zu rufen. Doch beim Duft der auf der Steinplatte gebratenen Kastanien vermengte sich in ihrem Gemüt die Vorfreude auf die Schlittenfahrt mit dem wohligen Vergnügen, die Hände nach der glühenden Beute auszustrecken, die Kastanien von der angerösteten Hülle zu befreien und sie schnell von einer Hand in die andere springen zu lassen. Die Mädchen, die Spinnrad und Webstuhl anhielten, gingen nun in den Wald, um Reisigbündel und Kastanien zu sammeln.

Der blonde Gerardo mußte andauernd wiederholen, daß überhaupt keine Eile bestehe, da es ohnehin nicht vor Weihnachten schneien werde, was die Kinder im übrigen genau wußten. Doch sie fieberten diesem für sie neuen Spaß derart entgegen, daß sie befürchteten, die ersten Flocken fallen zu sehen, ehe die Schlitten fertig waren. Und allmorgendlich in der Dämmerung hielten sie nach jenem schweren milchigen Grau am Himmel Ausschau, das baldigen Schnee verhieß.

»Ihr werdet sehen, die Schlitten sind viel früher fertig, als es schneit«, sagte die Äbtissin zu den Kindern, als sie ihr die Hand küßten, bevor sie sich auf den Heimweg machten. Und so geschah es auch.

Nach Martini hatte man den Eindruck, als verweile ein langer feuchter, kühler Sommer in den Hügeln des Monferrato. Die Brise beim Sonnenaufgang vertrieb die Morgennebel, und die Wälder erschienen mit ihren gelbbraunen Blättern noch völlig belaubt, während die Weinreben rötlich im Licht glänzten. Die letzte Ausbeute vom Pilzesammeln trocknete man in jener schneidenden Luft, auf Schnüren aufgereiht unter der inzwischen entlaubten Pergola oder ausgebreitet auf dem Tisch, der nun nicht mehr zum Essen benutzt wurde. Die Bäume schienen geduldig zu warten, daß der Wind sie von ihren Blättern entkleide und ihnen endlich den langen Winterschlaf gewähre.

Nur der Jasmin in der Nische von Odilias Grab, der nichts vom Wechsel der Jahreszeiten wußte, fing die Herbstsonne ein, als wäre es die des Frühlings, und wuchs weiter, lang und zart, und trieb immer neue grüne Blättchen.

Doch eines Nachmittags, ohne daß jemand es bemerkte, verfärbte sich der Himmel, wie wenn ihn ein dicker Pinsel mit weißlicher Farbe bestrichen hätte. Die leuchtenden Farben der Wälder und der Weinberge verblichen, und eine reglose Stille umfing die Hügel. Als die Kinder aus dem Kloster traten, um sich auf den Heimweg zu machen, war es, als sei der Himmel nicht mehr da, und die Luft roch nach Schnee.

Es schneite die ganze Nacht, und am nächsten Morgen liefen die Kinder, noch bevor es hell wurde, von Haus zu Haus, um einander zu wecken. Der ganze Tag war ein Fest für alle, denn wenn es schneite, arbeitete kein Mensch. Viel früher als sonst kamen sie zum Kloster und schrien und lachten. Mit ihnen kam der blonde Gerardo, der die Tür der Schule öffnete. Sie zogen die Schlitten heraus, während der Ritter und die Äbtissin auf ihr Zurufen herbeieilten und die Nonnen ihre Gebete und häuslichen Verrichtungen unterbrachen, um das Spektakel nicht zu versäumen.

Als erster stieg der blonde Gerardo den Hügel hinauf und zog an einem festen Strick einen Schlitten hinter sich her. Seine Beine sanken tief in den Pulverschnee ein und hinterließen eine Spur, die einen Pfad markierte. Zitternd vor Aufregung schauten die Kinder von unten aus zu. Der blonde Gerardo setzte sich rittlings auf den Schlitten, hob die Beine an und stürzte sich den Abhang hinunter. Der Schlitten gewann auf der Piste schnell an Fahrt und war im Nu unten, wo er auf dem flacheren Stück am Fuß des Hügels langsamer wurde und zwischen den dürren Sträuchern des Gartens zum Stehen kam.

Das war das Signal. Unter wildem Geschrei packten die Jungen ihre Schlitten und liefen mit ihnen den Hügel hinauf. Wer leer ausgegangen war, klammerte sich an einen, der einen Schlitten ergattert hatte, und setzte sich, als es losging, rittlings hinter den Gefährten; und schon sausten sie nach unten, um so schneller, je größer das Gewicht war, das auf dem Schlitten lastete. Einige überschlugen sich und wälzten sich kreischend im Schnee, während Holzpantinen in einer Wolke aus weißen Flocken durch die Luft flogen.

Dann durften sich die Mädchen, die schon vor Ungeduld bebten, hinter die Buben setzen, und zu den Lachsalven und Purzelbäumen kamen jetzt noch fliegende Häubchen und Holzpantinen hinzu. Als sich die erste Begeisterung gelegt hatte, wurde ein Schlitten dem Ritter überlassen, der die Äbtissin aufforderte, hinter ihm Platz zu nehmen. Odilia schien einen Augenblick zu zögern, doch dann willigte sie ein. Fast schwerelos glitten sie den inzwischen ganz blank gefahrenen Hang bergab und kamen unversehrt zwischen den Sträuchern des Nutzgartens zum Stehen. Auf ihren Gesichtern lag ein Lächeln, das die Kinder noch nie an ihnen gesehen hatten, jenes Lächeln der Erwachsenen, die sich in ihre Kindheit zurückversetzt fühlen.

Und schließlich traten auch von den Nonnen die jüngeren und alle, die wollten, unter sachkundiger Anweisung des blonden Gerardo zur Schlittenfahrt an. Hoch zu Roß, beobachtete Ser Francesco von der Kuppe des Hügels aus das fröhliche Treiben und lächelte.

Während noch niemand Anzeichen von Hunger zu erkennen gab, zogen sich Schwester Buccia, die zu ängstlich war, um ihre Knochen einem solch schlingernden Gefährt anzuvertrauen, und die Äbtissin, die nach dem ersten geglückten Versuch ihre Würde nicht noch einmal aufs Spiel setzen wollte, in die Küche zurück, um süße und gesalzene Brote zu backen. Gleichzeitig wurden Käselaibe und Würste auf breiten Holztischen aufgereiht. Im Kamin der großen Halle brannte ein mächtiges Feuer, und die Bänke der Kinder waren an die Wände gerückt worden, während man die Arbeitstische in der Mitte zusammengeschoben hatte. Auf diesen häuften sich immer mehr Speisen, und schöne Körbe mit Äpfeln, Rosinen und gebratenen Kastanien fanden dort Platz.

Als die frühen Schatten und die Müdigkeit den Spielen im Schnee ein Ende setzten, fanden Kinder und Erwachsene zu ihrer großen Überraschung statt der üblichen Gemüsesuppe in den Holzschüsselchen ein wahres Hochzeitsmahl vor.

DAS WUNDER DER HEILIGEN ODILIA

Die Wintertage waren für die Kinder der Gegend keine Tage des Hungers und der Traurigkeit mehr: sie arbeiteten, spielten, und keines brauchte mehr betteln zu gehen. Vor allen Dingen aber waren sie nicht mehr allein.

Auch Odilia war nicht mehr allein. Sie verlebte diese Tage in Schwermut über das schwindende Licht und in der Erwartung der Sonnenwende, jenem Wunder der Sonne, die, am Ende des Bogens angekommen, den sie seit Ewigkeiten durchläuft, innehält und dann ihren Untergang wieder langsam gen Norden, immer weiter nach Norden verlagert und dabei höher und höher steigt.

Odilia kannte alle Hügel im Umkreis des Klosters und auch die Bäume, die von einem jeden in den Himmel ragten. Sie verfolgte das langsame Voranschreiten des Sonnenuntergangs und wußte, daß er, bei dem Zypressenhain angelangt, der hinter einem bestimmten Hügel auftauchte, dort haltmachen würde. Das war am Tag der Wintersonnenwende. Mittlerweile wußte sie auch, daß diese Zypressen Ser Francesco gehörten, und jenen grasbewachsenen Platz auf der Hochebene umgaben, auf dem sie an einem Tag Anfang Oktober gerastet hatten.

Und zusammen mit den anderen vertrieb sie sich das Warten durch Arbeit. Sie lehrte die Kinder singen und auf ihren kleinen, bäuerlichen Instrumenten musizieren, erzählte ihnen vom Untergang Trojas, von Äneas und seiner Flucht aus der brennenden Stadt sowie von seinen Seefahrten. Und der Ritter steuerte die Geschichten von König Artus und seiner Tafelrunde bei, von Merlin, dem Zauberer, von Lanzelot und der schönen Morgäne.

Erzählt wurde nach dem Mittagessen, wenn die Kinder die Webstühle und Werkbänke verlassen hatten und im Schein des Kaminfeuers auf den Bänken saßen, bis es für sie Zeit wurde, den Heimweg anzutreten.

Wenn es draußen aufhellte, half Odilia dem Ritter dabei, das Jasminpflänzchen, das nichts von Jahreszeiten wußte und daher weitergewachsen war, ohne seinen Lebenszyklus zu unterbrechen, mit einem Schutzschirm zu umgeben. Der Ritter hatte es mit Stroh umwickelt, wie man es in jenen Gegenden bereits bei zarten Pflanzen zu tun pflegte. Dann hatte er von irgendwoher eine durchsichtige Scheibe aus Alabaster herbeigeschleppt und sie so aufgestellt, daß die Nische, in der das Pflänzchen wuchs, gegen Wind und Kälte völlig abgeschirmt war. Da sie nach oben hin offenblieb, bekam der Jasmin genug Luft und Sonne, deren Strahlen die Alabasterscheibe einfing und dadurch die Wärme vervielfachte.

So vergingen die kürzesten Tage des Jahres, bis die Sonne den südlichen Wendekreis erreichte.

»Heute ist Sonnenwende«, sagte Odilia, während sie an der Hand des Ritters den Hügel hinaufstieg. »Seht doch, die Sonne steht jetzt über Ser Francescos Zypressen.«

Es war ein kalter, klarer Dezembertag. Wie immer begaben sie sich gegen Abend zum Grab der alten Äbtissin, um dem scheidenden Tag Lebewohl zu sagen, dem Himmel, wie hell oder grau er auch sein mochte, und dem Pflänzchen, das aus dem Morgenland gekommen war und in dieser Erde eine neue Heimat suchte.

Kurz vor dem Kapellchen nahmen sie in der reglosen Luft auf einmal einen schwachen Duft wahr, zart und fein. Die Blicke der beiden trafen sich. In dem ihren lag Verwunderung, in dem seinen ein Lächeln. Eilends legten sie die letzten Schritte zurück und entdeckten nun die Quelle des Duftes: zwischen dem hellgrünen Blättern des Jasmins hatten sich ein paar winzige weiße Blüten geöffnet.

Lange standen sie schweigend da, dann sagte Odilia: »Es wird Frühling.«

Der Ritter nahm ihre Hand und küßte sie: »Aber Odilia«, widersprach er lächelnd, »es wird doch gerade erst Winter!«

Sie sah ihn verblüfft an: »Dann ist es ein Wunder! Die alte Äbtissin hat ihr Wunder vollbracht!«

Der Ritter machte sich daran, die Alabasterscheibe zurechtzurücken und zu befestigen, die den Jasmin vor Wind und Kälte schützen sollte.

»Ich weiß nicht, Odilia«, entgegnete er mit einem nachdenklichen Blick auf den Jasmin, »gewisse Umstände lassen mich daran zweifeln ...«

»Darüber haben nicht wir zu entscheiden, Ritter. Wir laden Bischof Zeno ein, damit er sich zu einem so überraschenden und ungewöhnlichen Ereignis äußere, wie es das Blühen des Jasmins hier im kalten Norden zu dieser Jahreszeit zweifellos ist. Seine Aufgabe wird es sein zu entscheiden, ob es sich um ein Wunder handelt oder nicht.«

Und so geschah es auch. Bischof Zeno kündigte an, daß er demnächst in Begleitung anderer Herren, Geistlicher und Laien, dem Kloster einen offiziellen Besuch abstatten werde, um den sonderbaren Vorfall zu begutachten.

Sie kamen kurz nach Weihnachten, als die Sonne schon ein Stückchen weiter im Westen unterging und somit die Tage wieder etwas länger zu werden begannen. An einem strahlenden frostigen Januarmorgen kamen sie in langem, feierlichen Zug geritten, auf Pferden, die mit verschiedenen Wappen geschmückt waren. Die Vorhut bildeten einige Ordensgeistliche und Herren des weltlichen Klerus, Kanoniker und Juristen, deren Weisheit das Urteil anvertraut worden war.

Ungeduldig und mit bangem Herzen warteten Odilia und der Ritter bei der kleinen Kapelle. Wegen des strengen Frosts, der seit einigen Tagen herrschte, hatten sie die Maßnahmen zum Schutz der jungen Pflanze verdoppelt und des Nachts, wenn niemand sie sehen konnte, sogar brennende Strohbüschel an die Alabasterscheibe gelehnt, um die Wurzeln und den Stengel zu wärmen und sie fast vollständig von den kalten Nachtwinden abzuschirmen. An diesem Morgen nun waren sie schon beim ersten Sonnenstrahl zum Kapellchen hinaufgestiegen, um die häßlichen Strohreste und verkohlten Reiser zu entfernen und, sobald die Sonne an Wärme gewann, die Alabasterscheibe etwas beiseite zu rücken und frische Luft an die Pflanze zu lassen. Und der Duft der weißen Blüten, die so lange in der wohltemperierten Wiege eingeschlossen gewesen waren, strömte durch den breiten Spalt und erfüllte die Luft im weiten Umkreis mit seiner Süße. Und als die hohen Herren abgesessen hatten und näher kamen, nahmen auch sie ihn wahr.

Als erstem war er Bischof Zeno aufgefallen, der aufmerksamer als die anderen auf alles achtete, was um ihn herum vorging. Mit seinen blauen Augen betrachtete er den blühenden Jasmin und dachte bei sich, daß es sich wirklich um ein Wunder handelte, ein menschliches Wunder, nach all dem, was hier getan worden war, ein Beweis der Liebe zum Land und zu den Menschen. Aber es entging ihm keineswegs, daß die Herren Kanoniker und Juristen das Stück Alabaster, das die Pflanze schützte, mit ironischen Bemerkungen kommentierten. Und er war sich bewußt, daß die These vom Wunder angesichts der nüchternen Rechtsvorschriften auf recht schwachen Beinen stand.

In diesem Augenblick wurde das Gemurmel der von Ohr zu Ohr geflüsterten Beanstandungen durch einen Gesang unterbrochen, den wohlklingendes Flötenspiel begleitete. Es war ein Chor von Kinderstimmen, die das Weihnachtslied sangen. Die Begleiter des Bischofs verstummten, und alle Augen wandten sich der Quelle jenes Gesangs zu. Da entdeckten sie, zwischen den welken Blättern kaum verborgen, die Schar der Kinder, die auf die höchsten Äste geklettert waren. »Singende und musizierende Kinder«, ging es dem Bischof durch den Kopf.

Lächelnd blickte er zu ihnen hoch und glaubte nun wirklich, ein echtes Wunder vor sich zu haben, das Wunder, das von jenen Menschen vollbracht worden war, die einen Haufen halbverhungerter kleiner Bettler in einen Chor verwandelt hatten, der einer Kathedrale würdig war.

»Da ist nicht ein falscher Ton«, flüsterte dem Bischof

die Stimme Ser Francescos ins Ohr, der neben ihm stand. Der Bischof sah ihn lächelnd und dennoch nachdenklich an, denn er hatte bereits gehört, wie das Getuschel der Nörgler heftiger geworden war.

Da geschah etwas, womit niemand rechnen konnte. Plötzlich erfüllte ein festlicher Glockenklang die Lüfte, ein Klang, der aus allen vier Himmelsrichtungen kam, von sämtlichen Glockentürmen, die auf den Hügeln des Monferrato emporragten, Glocken, die zum Fest läuteten und von keiner Menschenhand bewegt wurden. Während das Geläut immer fröhlicher und mitreißender wurde, kniete Bischof Zeno gerührt auf der kalten Januarerde nieder, und alle, Prälaten und Barone, Kanoniker und Juristen, folgten seinem Beispiel. Er aber dachte bei sich: »Nun wird niemand mehr bestreiten können, daß dies die Hand Gottes ist.«

Die Originalausgabe erschien 1995 unter dem Titel »Il miracolo di santa Odilia« bei Einaudi, Turin.

Gesetzt aus der Palatino
Umschlaggestaltung: Federico Luci
unter Verwendung eines Ausschnitts aus dem
Gemälde »Der Garten des Königs oder der Mühe Lohn«
von Arthur Dixon, um 1900
Satz: Fotosatz Reinhard Amann, Aichstetten
Druck und Bindung: Druckerei Pustet, Regensburg
Printed in Germany
ISBN 3-85842-442-0

Galenos – Arzt der Gladiatoren und Kaiser

Tessa Korber
Der Medicus des Kaisers
Roman
486 Seiten.
Gebunden.
€ 22,90 / sFr 44,–
ISBN 3-85842-408-0

In der Nacht, als der Kaiser von Rom ermordet werden soll, zieht Claudios Galenos Bilanz. Er ist einer der berühmtesten Wissenschaftler seiner Zeit, Leibarzt des Kaisers ebenso wie der Medicus der Gladiatoren und Sklaven. Alles hat er gesehen, die schillernden Metropolen Alexandria, Rom und Antiochia und die nebligen Wälder Germaniens, die Arenen mit ihren blutigen Gladiatorenkämpfen und die tödlich stillen Intrigen des Hofes. Drei Frauen kreuzen seinen Weg und entfachen Leidenschaft und eine lebenslange Sehnsucht in ihm. Durch die Liebe, die er erlebte, und das Leiden, das er sah, hat er die Erkenntnis gewonnen, daß geistige Brillanz allein den Menschen nicht bestimmen kann. Als Lucilla, die Tochter des Kaisers Marc Aurel, von ihm eine Entscheidung fordert, von der die Zukunft des römischen Weltreiches abhängt, ist Claudios Galenos bereit ...

Tessa Korbers mitreißender Roman über Claudios Galenos, den berühmten Arzt der Antike, der ein atemberaubendes Leben zwischen Wissenschaft und Gladiatorenkampf, zwischen Krieg, Verderben und leidenschaftlicher Liebe lebte.